MIROSURI
ȘI
UMBRE
ROXANA
NĂSTASE
SCARLET LEAF

TORONTO, CANADA
2018

PUBLICAT DE SCARLET LEAF
TORONTO, CANADA

Lui Jennifer Evans –
una dintre cele mai
bune prietene pe
care și-o poate dori
careva

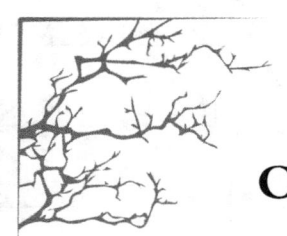

CUPRINS

PROLOG -
MAUDE ARE O
SURPRIZĂ
NEPLĂCUTĂ

MICUL CÂINE DE VÂNĂTOARE mârâi şi trase de lesă cu putere, ceea ce o făcu pe bătrâna Maude să sară în faţă. Mişcarea brutală o surprinse pe aceasta şi femeia mai că era să cadă în nas.

În mod obişnuit, să meargă la plimbare cu Missy însemna că nu era necesar să facă altceva decât să meargă la un pas moderat alături de căţea, adâncită în propriile sale gânduri. Plimbările lor liniştite o ajutau pe Maude să-şi organizeze ideile, să-şi facă planuri sau să se gândească pe îndelete la ceva ce a citit sau a văzut la televizor.

Bătrâna ei căţea de vânătoare nu reacţionase niciodată atât de impredictibil sau, cel puţin, nu în ultimii şase ani. Nu era niciodată neliniştită, nici măcar atunci când se găsea în preajma unor câini mult prea jucăuşi sau a unor câini mai ostili.

Plimbările lor urmau mereu acelaşi traseu. În timpul dimineţii, se plimbau la un pas leneş de-a lungul malului râului, iar noaptea urmau cărarea ce se întindea de-a lungul zănoagei de lângă casă.

Missy de obicei mergea puțin mai în față, nici prea repede, nici prea încet, iar Maude o urma alene, la un pas confortabil.

De-a lungul acelor ultimi ani, trupul lui Maude devenise din ce în ce mai fragil și femeia nu mai avea puterea să se lupte pentru a controla un câine, chiar dacă al ei nu era ditamai dulăul.

Maude avusese ea unele dubii la început, dar fost foarte mulțumită să vadă că Missy s-a liniștit după ce a ajuns la o anumită vârstă. Se cam temuse ea că nu va fi capabilă să o controleze atunci când va înainta în vârstă, iar artrita ei se va agrava.

— Missy, liniștește-te, fată, îi comandă Maude cățelei cu toată autoritatea pe care și-o putea aduna după spaima pe care tocmai o trăsese.

Pentru o clipă, femeia chiar că se văzuse aruncată la pământ, iar acel lucru o înspăimântase de-a binelea pentru că nu credea că ar mai fi avut puterea să se ridice în picioare din nou după aceea. În ultimul timp, nu prea mai putea conta ea pe ajutorul genunchilor ei.

Femeia se gândi să tragă de lesă sperând că astfel Missy va înțelege să revină la pasul liniștit de plimbare pe care amândouă îl agreau. Cu toate acestea, gestul ei nu avu nici un succes.

Missy prinsese urma unui miros puternic, iar instictele sale primare umbreau tot dresajul prin care trecuse până atunci. Acum bătrâna cățea acționa mânată numai de acele instincte, iar acestea o împingeau să-și continue goana. Din cauza lor uitase de toate neplăcerile ce veniseră o dată cu trecerea anilor și chiar și de încheieturile ce îi cam înțepeniseră și ele o dată cu înaintarea în vârstă.

Urma lăsată de acel miros se dovedea fascinantă. Câinele de vânătoare, care încă mai zăcea în adormire undeva înlăuntrul lui Missy, se trezise brusc la viață.

Câinele deja pătrunsese într-o zonă mai specială și acum mersul ei era mult mai vioi. Comenzile lui Maude îi treceau pur și simplu pe lângă urechi.

Cățeaua mârâi înfiorător din nou. Sunetul era înspăimântător și un fior de frică se strecură pe șira spinării lui Maude. Sunetul acela feroce pe care îl scotea cățeaua ei, care, în mod normal, era un animal blând și bine educat, îi ridicase părul de pe ceafă. Femeia avu senzația că niște picioare păroase de păianjeni i se târau pe spate și se cutremură.

Cu teamă, Maude privi instinctiv în jur. Degetele îi tremurară pe lesă când ochii îi trecură peste vasta zonă împădurită din dreapta ei. Strălucirea lunii de la miezul nopții îmbăia copacii într-o lumină ireală.

Maude își plimbase câinele în zona aceea împădurită de ani de zile și o știa la fel de bine ca și pe dosul propriei sale palme. Cu toate acestea, în seara aceea, femeia observă pentru prima dată înfățișarea amenințătoare a pădurii pe timpul nopții.

Missy începu să alerge brusc, iar asta nu îi căzu bine lui Maude absolut deloc. De ceva vreme, artrita îi cam restricționase mișcările, iar acum erau zile în care nu putea face nimic mai mult decât să-și târască picioarele după ea și, din păcate, aceea era una dintre acele zile, ceea ce o determină pe Maude să bombăne și să își blesteme câinele.

Devenise evident că micuța sa cățea dorea neapărat să ajungă într-un anume loc. Acum, bătrâna se văzu nevoită să înceapă să strige pentru a își face câinele să se oprească din goana sa nebună, dar nici măcar strigătele ei nu avură nici un efect.

Abia atunci îşi dădu ea seama că Missy se grăbea spre hidrantul ei favorit, iar acel fapt îi mări femeii şi mai mult confuzia. Missy ar fi trebuit să ştie până atunci că vor ajunge şi la acel hidrant mai devreme sau mai târziu. Doar acesta reprezenta unul dintre punctele de mare interes din timpul plimbărilor lor.

— Uşor, fată, uşor, încercă ea din nou să o domolească pe căţea şi să o facă să îşi încetinească pasul, dar nu avu succes.

Missy îşi continuă galopul forţat şi, în acelaşi timp, o târî în urma ei pe biata Maude, pe care deja o străpungeau dureri ascuţite prin toate oasele.

În felul ei, Maude avea un mare respect faţă de mişcare. Doctorul o avertizase mereu şi mereu că trebuia să se mişte cât mai mult pentru că altfel încheieturile ei o vor durea şi mai tare şi i se vor anchiloza şi mai mult.

Ea îi ascultase sfatul, dar pentru ea a face mişcare însemna să se plimbe la un pas moderat, nu să alerge de nebună în urma câinelui pe câmp.

Nu fusese ea prea atrasă de jogging nici în tinereţe şi, de altfel, nu înţelesese niciodată care ar fi fost raţiunea de a alerga fără a avea nici un fel de destinaţie precisă în minte.

Acum, însă, genunchii ei nu erau obişnuiţi cu un astfel de abuz şi, evident, începură să protesteze zgomotos în urma efortului la care erau supuşi pe nepusă masă.

Femeia îşi blestemă din nou micuţa căţea, dar înjură şi acel lucru care avusese puterea să-i transforme animalul de companie, care, în general, era destul de ascultător, într-o bestie. Bătrâna femeie abia mai reuşea să ţină pasul cu câinele.

Nu putea să ignore nici ritmul înfiorător şi nici genunchii care îi erau torturaţi cumplit. Nici măcar nu-şi dădea seama că începuse să îi curgă lacrimi pe obraji din cauza durerii, aşa că nu se obosi să le șteargă. Dar, în ciuda tuturor chinurilor prin care trecea, nici măcar nu-i trecu prin minte să dea drumul lesei din mână.

Maude se simți extrem de recunoscătoare când, în sfârșit, Missy se opri în fața blestematului acela de hidrant și își închise ochii de ușurare. Câteva minute bune nu făcu altceva decât să respire profund și să profite de răgazul oferit pentru a-și odihni genunchii torturați. Nu mai era conștientă de nimic din ce se întâmpla în jur.

Acum câinele urla și mârâia. Să fie sinceră cu ea însăși, Maude nu auzise niciodată ceva asemănător ieșind din gura lui Missy, iar inima începu să-i bată puțin mai tare.

Dar, în ciuda acelor zgomote feroce, femeia tot trebuia să-și tragă sufletul, așa că nici măcar nu se obosi să vadă ce se întâmpla. Nici un alt sunet nu-i ajungea la urechi, așa că nu credea că s-ar fi găsit în vreun pericol.

Nu că i-ar fi păsat ei prea mult de așa ceva în acel moment. Avea alte lucruri mai importante în minte, cum ar fi fost durerea ascuțită din încheieturi și respirația greoaie.

Numai când i s-a mai ostoit durerea săgetătoare din genunchi cât de cât și a devenit mai suportabilă, Maude se decise să vadă de ce drăgălașul ei animal de companie se transformase într-o ființă primitivă.

Acum urletele înspăimântătoare ale câinelui încetaseră, dar mârâitul lui devenise mai profund și mai urât decât înainte, iar bătrâna femeie nu-și mai permitea să ignore lumea încojurătoare.

Când își deschise ochii în sfârșit, Maude îngheță pe loc și nu reuși să facă nimic mai mult decât să se holbeze. Pur și simplu, nu se mai putea mișca, iar degetele îi deveniseră stană de piatră pe lesă.

Maude își deschise gura pregătită să urle, dar nu ieși nici măcar un sunet din gura ei. Strigătele îi rămăseseră blocate undeva în gâtlej, chiar dacă ea putea să le audă încă reverberând undeva în mintea ei.

Ochii i se lărgiseră din cauza șocului, iar pielea de pe față i se întinsese pe oase, în timp ce sângele se retrăsese. Păianjenii care îi umblau pe șira spinării mai devreme se multiplicaseră, iar picioarele lor păroase lăsau dâre de spaimă în urma lor. Picioarele femeii începură să tremure și aceasta se întrebă pentru o fracțiune de secundă dacă va avea tăria să rămână în picioare.

Acum, luna tocmai ieșise de-a binelea dintre nori și femeia avea o imagine clară asupra hidrantului, unde se îmbăia în lumina lunii un cap desprins de trup.

Ochii înspăimântați ai lui Maude analizară marginile franjurate ale pielii care, probabil, odată acoperise un gât foarte grațios. Urme de sânge mânjeau ceea ce fusese cândva un gât lung și suplu.

Cum capul încă mai sângera, ochii șocați ai lui Maude urmăriră traiectoria în jos a picăturilor de sânge cu o fascinație morbidă. Acestea se topeau în balta întunecată de sânge aproape coagulat care acoperea iarba lipicioasă de-acum de la baza hidrantului.

Maude își întoarse din nou privirea spre capul atârnat. Ochii deschiși și fără viață se holbau la ea și femeia remarcă culoarea violetă neobișnuită a irișilor. Culoarea se stingea treptat chiar în fața ochilor lui Maude, și cu toate acestea, acea privire fixă o mesmeriza.

Bătrâna femeie trebui să facă un efort uriaş, dar, într-un final, reuşi să-şi desprindă ochii de la acele pupile reci, hipnotice. Îşi ridică privirea deasupra capului şi abia atunci observă că acesta fusese atârnat de hidrant cu un nod făcut din părul victimei.

Cum Maude avea senzaţia că mintea îi fusese invadată de o bulă de ceaţă, îşi scutură capul ca să şi-o limpezească. Îşi dădea ea seama că ar fi trebuit să facă ceva sau să cheme pe cineva, pentru că nu putea să plece de acolo, pur şi simplu, şi să lase capul atârnând de hidrant de unul singur.

Generaţia ei fusese crescută cu un simţ al dreptăţii şi al responsabilităţii puternic, iar ea nu era în stare să-şi ia ochii de la acel tablou terifiant, să-şi ia picioarele la spinare şi să se ducă acasă fără un cuvânt.

Abia atunci îşi aminti de telefonul celular pe care nepoata sa îi ceruse insistent să-l ia cu ea peste tot. Cu o mână tremurătoare, îl scoase din buzunar şi apoi începu să formeze 999.

Între timp devenise conştientă că era singură acolo, însoţită numai de căţeaua ei de vânătoare. Se găseau lângă zănoagă, iar cea mai apropiată clădire se afla la o depărtare destul de apreciabilă, probabil la mai mult de cinci sute de metri depărtare.

Dacă ar fi fost să i se întâmple ceva, se îndoia că Missy ar fi fost în stare să o protejeze. Deja căţeaua îşi folosise toată energia disponibilă numai pentru ca să prindă urma mirosului pe care îl vânase cu atâta dedicaţie şi cu mârâiturile acelea feroce pe care le scosese. Acum aceasta doar gâfâia şi, după cum se părea, îşi pierduse orice fel de interes în capul retezat, ceea ce chiar că i se păru curios lui Maude.

În timp ce aştepta să i se răspundă la apel, ochii lui Maude trecură peste zona înconjurătoare cu spaimă. Brusc, umbrele copacilor, pe care îi iubise atât de mult în trecut, păreau să ascundă pericole pe care femeia nu şi le mai imaginase înainte. Gândul că era careva ascuns acolo şi că acel cineva o pândea din depărtare i se strecură în minte, iar buzele începură să-i tremure.

Vocea operatorului de la serviciul de urgenţe o făcu să tresară şi mai că scăpă telefonul din mână. Totuşi, reuşi să îl recupereze rapid, iar apoi, cu o voce ezitantă, îi explică dispecerului tabloul pe care îl avea în faţa ochilor. Teama că operatorul nu o va crede o făcea să vorbească cu dificultate.

Maude nu ar fi putut să-l condamne pe acesta. Scena că prezenta, într-adevăr, unele accente de film de groază. Femeia era, însă, recunoscătoare că sărbătoarea de Halloween nu urma să aibă loc decât peste câteva săptămâni, pentru că, altfel, operatorul de la serviciul de urgenţe ar fi sfătuit-o să se ducă acasă, să bea o ceaşcă cu lapte cald şi să meargă la culcare. Nu ar fi uitat să-i amintească şi să înceteze să se mai uite la decoraţiunile vecinilor.

Maude spuse o rugăciune de mulţumire în gând. Ştia ea când era cazul să îşi arate recunoştinţa.

CAPITOLUL 1 - MCNAMARA DECIDE SĂ ACȚIONEZE

MCNAMARA ÎȘI FRECĂ fruntea cu degetele, iar apoi își aruncă privirea spre ceasul de la mână cu nerăbdare și se strâmbă. Era aproape opt seara.

Încă o dată, muncise o zi întreagă, în ciuda promisiunii pe care și-o făcuse de a nu mai sta la birou peste orele de program, în special când nu avea un caz activ. Știa el că urma să înregistreze destule ore suplimentare atunci și că nu va mai rezista multă vreme dacă ar fi cotinuat să urmeze un regim atât de brutal de muncă.

Fiecare om avea anumite limite, iar Inspectorul Șef era destul de realistic să recunoască faptul că va veni acea vreme și pentru el și că într-o zi va trebui să plătească prețul pentru lipsa sa de respect față de propriul său trup. Bărbatul își scutură capul și murmură câteva cuvinte bine alese pe sub barbă.

Bărbatul se ridică în picioare și își întinse mușchii încordați, iar fibrele sale musculare încordate protestară puternic. Se strâmbă când simți furnicăturile înțepătoare din gambe, din mușchii de la umeri și de la gât. În astfel de momente, se simțea bătrân, chiar mai în vârstă decât era, iar să se gândească la vârsta lui era unul dintre lucrurile care îi displăceau cel mai mult.

Omul se îndreptă spre fereastră și își aruncă privirea înspre scuarul de la colț, înfingându-și mâinile în buzunare. Privea el pe fereastră, dar ochii lui nu înregistrară cuplurile care se plimbau ținându-se de mână sau tânăra mămică mândră, care împingea un cărucior albastru.

Mintea lui McNamara era departe, cutreierând cu totul alte cărări. Ochii lui verzi păreau distanți și reci, ca și cum ar fi încercat să ia o hotărâre în legătură cu ceva anume.

Bărbatul era singur în birou, așa că nu se mai obosea să își supravegheze expresia. Brusc, o lumină metalică îi străluci în ochii, semn că a ajuns la o concluzie.

Inspectorul se hotărâse să o sune pe Bryony din nou, ba chiar mai mult, să se ducă și să îi facă o vizită. Se gândea că trecuse deja de mult timpul când ar fi trebuit să o facă.

De-a lungul ultimelor săptămâni, McNamara se tot gândise la tânăra femeie, ba chiar constant, ceea ce îl sâcâise destul de mult. Nu și-o putea scoate din minte defel.

Când închiseseră cazul de pe Strada Privighetorii, fusese convins că o va uita destul de curând și că își va putea continua viața apoi, așa plictisitoare și aridă cum ar fi putut ea părea uneori.

MIROSURI ŞI UMBRE

El nu era o persoană foarte sociabilă şi aşa îi şi plăcea să fie. Era un singuratic şi funcţiona foarte bine de capul lui. Problemele apăreau atunci când interacţiona cu oamenii din afara vieţii sale profesionale.

Legăturile sale romantice erau trecătoare şi nu durau niciodată suficient de mult pentru a atinge un anumit nivel de intimitate. Deşi probabil că exagera cam mult când folosea termenul de romantic atunci când venea vorba despre legăturile lui de amor.

El întotdeauna reuşise să evite orice fel de încurcături romantice, iar toţi bărbaţii care îl cunoşteau îi invidiau talentul de a se desprinde cu uşurinţă din orice fel de legături nedorite.

McNamara petrecuse o a doua noapte în casa lui Bryony atunci când s-a încheiat cazul de pe Strada Privighetorii. Petrecuse acea noapte în patul ei chiar de la început. În fond, nu era nimeni acolo care să-l oprească.

Cu toate acestea, s-a simţit obligat moral să se reţină de la a-i face vreun avans femeii şi nu s-a prea bucurat de acel moment. S-ar fi simţit ca un ticălos doar pentru că s-ar fi gândit să profite de apropierea dintre ei atât de curând după ce femeia supravieţuise atacului vicios al criminalului.

Acea creatură, după cum îi plăcea poliţistului să se gândească la ucigaşul de pe Strada Privighetorii, încercase să o violeze şi să o ucidă pe Bryony, iar circumstanţele i-au dictat detectivului purtarea. Atunci se gândise numai că trebuia să o protejeze pe tânăra femeie, chiar dacă şi numai de amintirea atacului acela sălbatic a cărei victimă fusese.

Crezuse că va avea o şansă cu ea mai târziu, dar, în ciuda a tot, acea fereastră de oportunitate se închisese a doua zi, spre propriul lui necaz.

Acel Cerber, vecina mai în vârstă a lui Bryony, doamna Stevens, apăruse la uşa fetei dimineaţa la prima oră, ca şi cum ar fi vrut să se asigure că nimic nelalocul lui nu s-ar fi întâmplat între ei doi.

Când a dat cu ochii de ea, McNamara a preferat să se întoarcă la secţia de poliţie şi să le lase pe cele două femei singure. El, unul, nu-i putea ierta bătrânei egoismul care, în fapt, condusese la atacul asupra fetei şi ştia că, de aceea, nu s-ar fi putut comporta civilizat faţă de ea, sub nici o formă, ba chiar că probabil ar fi reacţionat mult mai rău dacă ar fi rămas.

Se cunoştea destul de bine pe el înuşi şi ştia că nu era o persoană iertătoare. De asemenea, omul obişnuia să ţină un răboj foarte precis când venea vorba despre asemenea lucruri. El, unul, nu putea uita şi nu putea ierta. Nu-i stătea în fire.

Detectivul o sunase pe Bryony de câteva ori după aceea. McNamara pretinsese că dorea numai să vadă cum o mai ducea şi încercase să nu îşi cerceteze motivele prea în profunzime. Îi era teamă să descopere că fie încerca să se mintă pe sine însuşi ori pe ea, iar lui nu îi surâdea nici una, nici alta. Bărbatul nu era un laş, de fapt, dar acum aşa se şi simţea.

Omului îi plăcea să îşi păstreze sentimentele şi gândurile doar pentru sine, iar, de aceea, era extrem de conştient că nu putea fi complet deschis faţă de ea. Şi cu toate acestea, după câteva nopţi albe, McNamara trebui să recunoască faptul că sentimentele lui pentru tânăra aceea încăpăţânată depăşeau o simplă atracţie temporară pentru ea.

Spre groaza lui, femeia îşi croise încet drum în inima şi mintea lui, iar, acum, el nu se mai putea descotorosi de amintirile pe care le avea despre ea.

MIROSURI ŞI UMBRE

McNamara se încruntă şi îşi scutură capul. Trebuia să îşi recunoască înfrângerea, cel puţin pentru moment. Cu hotărâre, se întoarse la biroul său şi se aşeză din nou pe scaun.

Îşi luă telefonul celular de pe birou şi rapid, ca nu cumva să se mai poată răzgândi, îi formă numărul. Apoi aşteptă, cu nerăbdarea lui caracteristică, să-i audă vocea femeii la telefon.

Degetele lui băteau darabana pe birou într-un staccato din ce în ce mai rapid. Când îşi dădu seama de ceea ce făcea, îşi opri mişcarea degetelor şi se încruntă.

Femeii îi luă destul de mult timp să îi răspundă, iar în tot acel timp, el îşi încleştă şi îşi descleştă pumnii cu iritare.

Inspectorul Şef avea impresia că soneria telefonului îi suna de rău augur în urechi, iar ochii i se îngustară atât de mult încât ajunseră două fante oblice. Omul nici măcar nu îşi dădu seama că un zâmbet i s-a urcat pe buze în momentul în care vocea însorită a lui Bryony se auzi pe linia telefonică.

— Bună, spuse ea cu respiraţia întretăiată, ca şi cum ar fi fugit să răspundă la telefon, iar inima lui se opri pentru o secundă.

— Sunt eu, McNamara, replică el, iar apoi nu mai spuse nimic timp de câteva secunde.

Înspăimântat, bărbatul îşi dădu seama că nu îşi mai amintea ce dorea să-i spună sau care era motivul apelului lui, iar acum se chinuia să-şi găsească cuvintele.

— Mă întrebam ce mai faci, continuă el, spunând primul lucru ce-i veni în minte, brusc nesigur de sine însuşi.

Iar acela era un lucru nou. El nu era niciodată nesigur aşa că se încruntă când deveni conştient de propria lui prostie.

Nu trecuse niciodată prin ceva similar, nici măcar atunci când încercase să obțină prima lui întâlnire pe vremea când avea numai treisprezece ani, iar reacția lui nu îi plăcu defel.

McNamara așteptă câteva secunde lungi, ciulindu-și urechile, dar nu auzi nimic altceva decât staticul de pe linie și se întrebă dacă nu cumva femeia a deconectat convorbirea. Brusc îi trecu prin minte gândul că Bryony nu se prea bucura de apelul lui și simți cum ceva rece ca gheața i se răspândea peste tot înlăuntrul corpului lui.

Cu o hotărâre de oțel, bărbatul decise să numere până la cinci. Dacă ea nu ar fi spus nimic până atunci, el urma să fie cel care va termina conversația.

Se uită prin jurul biroului său, pretinzând că nu era suficient de interesat de ce urma să se întâmple și numără secundele în gând. Ajunsese abia la trei, când un oftat ușor îi ajunse la urechi.

— Sunt bine, spuse ea pe o voce blândă. Și tu? îl întrebă ea, iar acum ezitarea ei se auzi clar pe linie.

— Doar muncă, știi cum este, răspunse el ca un automat, iar, apoi, o altă pauză se întinse câteva secunde. Ești ocupată în seara aceasta? o întrebă el, când își regăsi curajul din nou.

— Nu chiar, replică vocea ei catifelată. Te-ai gândit la ceva anume?

— Nu am planificat nimic, recunoscu el. Mă gândeam numai că am putea ieși să bem ceva împreună sau... la o cafea, poate...

MIROSURI ȘI UMBRE

McNamara se urî pe sine pentru că putea el însuși să discearnă nesiguranța din tonul său și își strânse pumnul pe masă. Ura faptul că o mână de femeie avea puterea să îl facă să se simtă atât de nesigur pe el însuși încât să nu mai fie în stare să își adune ideile și să articuleze o propoziție coerentă.

— Mi-ar place așa ceva, răspunse ea. Dar am ajuns deja acasă...

— Înțeleg, răspunse McNamara, iar de data aceasta nu mai exista nici o îndoială. Oțelul revenise în tonul său.

El presupuse că femeia îi făcea vânt, iar mândria lui nu putea să accepte așa ceva cu grație. Așteptările lui înclinaseră spre un rezultat total diferit când și-a formulat invitația, iar refuzul ei blând îi rănise egoul.

— Nu, nu m-ai înțeles, se grăbi ea să spună, iar el surâse când îi percepu graba din voce.

McNamara știa că Bryony avea o idee destul de clară despre felul lui de a fi. Probabil că femeia își imaginase că el va închide telefonul imediat.

— Nu spuneam că nu sunt disponibilă în seara aceasta, Bryony preciză pentru a se asigura că nu exista nici un fel de îndoială în mintea lui.

Reproșul ușor din glasul ei îl făcu pe inspector să se simtă cumva vinovat.

— Voiam doar să spun că aș prefera ca tu să vii la mine pentru băutura aceea. Sunt deja acasă și, da, e adevărat, nu mă mai simt în stare să ies în oraș din nou. Dar tot aș vrea să petrec seara cu tine, dacă ai putea veni tu până aici, își clarifică ea declarația precedentă cu răbdare, de parcă i-ar fi vorbit unui copil.

McNamara se decise să îi ignore tonul vocii şi, pur şi simplu, să se bucură când auzi că şi ea dorea să îşi petreacă seara cu el.

Cu toate acestea, ori de câte ori se gândea la casa ei, îi apărea şi doamna Stevens în minte şi nu exista nici cea mai mică urmă de îndoială în mintea lui că ar fi putut trăi foarte bine dacă nu ar mai fi văzut-o pe acea femeie niciodată.

— Şi va face parte şi doamna Stevens din compania de la tine de-acasă în seara aceasta? o întrebă el pe un ton rece.

Ar fi vrut ca vocea să-i sune mai păcut sau cel puţin mai indiferentă, dar sentimentele lui pentru bătrâna cotoroanţă erau foarte puternice şi nu ar fi reuşit să reaţioneze altfel. Ultimele amintiri pe care le avea despre ea erau mai mult decât suficiente ca să îl facă să scrâşnească din dinţi cu putere.

Bryony râse şi îi spuse:

— Nu, nu, nu-ţi fă griji. Deja a fost pe la mine în după-masa aceasta la ceai şi chiar spunea că se va duce la culcare mai devreme în seara aceasta. Nu se simţea nemaipomenit, dacă ştii ce vreau să spun. Nu a prea fost în toane bune zilele acestea. Ştii tu, din cauza răcelii şi umezelii din aer... Sunt sigură că nu o vom auzi absolut deloc în seara aceasta, îl asigură ea pe un ton liniştitor.

— Bine atunci, se decise McNamara.

Puţin îi păsa lui că se răcise vremea şi îi păsa şi mai puţin de felul în care se simţea bătrâna cotoroanţă din cauza frigului. Lui îi păsa doar de faptul că Bryony îi dăduse lumină verde şi putea să meargă să o vadă.

— Voi fi acolo cam în cincisprezece minute, în funcţie de trafic, o informă el pe un ton serios.

MIROSURI ȘI UMBRE

— Te voi aștepta liniștită la fereastră, așa că nu te grăbi, glumi ea.

Îl surprinse faptul că și o glumă atât de stupidă din partea ei avea puterea de a-i aduce un zâmbet pe buze.

— Voi ține minte, răspunse el neașteptat de blând și, apoi, închise telefonul, fără să își dea seama că nu spusese nici măcar *la revedere* sau orice altceva de acel gen.

Nu-i stătea în fire, de fapt. Cea mai mare parte a convențiilor sociale reprezentau o mare necunoscută pentru el, dar aceasta nu însemna că el le ducea cumva lipsa. Nu pierduse niciodată vreo clipă de somn gândindu-se la subtilitățile de comportament pe care el le încălca în mod constant.

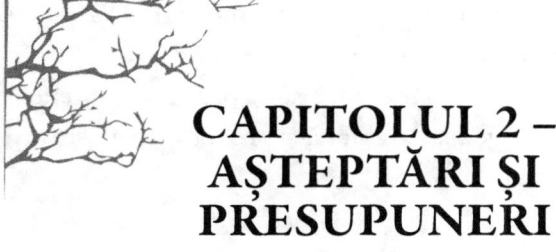

CAPITOLUL 2 –
AȘTEPTĂRI ȘI
PRESUPUNERI

INSPECTORUL ȘEF ÎȘI smulse haina cu nerăbdare de pe cuierul ascuns într-un colț al biroului său, iar apoi părăsi încăperea în atât de mare grabă că toată lumea din biroul diviziei detectivilor se uită după el cu uimire. În graba lui, omul uitase să țină ușa, iar aceasta se închisese cu un pocnet răsunător în urma lui.

Se gândise el să ceară să i se repare ușa de mai multe ori, dar aceasta nu devenise o prioritate pentru el încă. Acum, însă, situația se schimbase, iar el își făcu o notă mentală să-l cheme pe omul de la întreținere a doua zi de dimineață la prima oră.

Ca și cum nu s-ar fi întâmplat nimic, McNamara își aruncă privirea peste oamenii ce se găseau în biroul comun al detectivilor, iar apoi aruncă peste umăr, adresându-se tuturor și nimănui în special:

— Mă găsiți la telefon dacă aveți vreo urgență.

Inspectorul nu mai aşteptă să primească vreun răspuns, ci îşi continuă drumul spre ieşire, mormăind sub barbă: *Sper să nu aveţi nevoie de mine, măcar pentru o nenorocită de seară.*

După aceea, omul se îndreptă spre parcarea subterană, coborând scările în goană, grăbit să-şi scoată maşina şi să se ducă la Bryony acasă.

DE-A LUNGUL ÎNTREGULUI drum până la casa lui Bryony, McNamara s-a tot mustrat pe sine pentru că reacţiona de parcă era un adolescent care murea de nerăbdare să ajungă la timp la prima sa întâlnire. Avea impresia că reacţia sa era iraţională, iar el, în mod obişnuit, prefera lucrurile care făceau sens. Se pierdea când lucrurile din jurul lui se schimbau şi nu mai erau aşa cum le ştia el.

Până la urmă, Bryony nu era altceva decât o altă femeie, iar el avusese parte de destule femei de-a lungul anilor. Relaţiile sale erau probabil cam scurte, dar de cele mai multe ori, acel lucru era suficient pentru el. Poate că Bryony era într-un fel diferită de celelalte femei pe care le întâlnise înainte, dar era convins că întâlnirea pe care o avea cu ea în seara aceea nu merita atâta tam-tam.

Pentru o clipă, mâna lui McNamara înţepeni pe volan. Nu avea nici cea mai mică idee dacă Bryony vedea vizita lui în aceeaşi lumină ca şi el. Era foarte posibil ca ea să aştepte o cunoştinţă oarecare, nu un bărbat care se gândea la întâlniri şi la tot ceea ce presupuneau acestea.

MIROSURI ŞI UMBRE

McNamara se înfurie pe el însuşi. Îşi încălcase regula sa de aur şi acest lucru îl măcina. De-a lungul întregii sale vieţi profesionale făcuse tot posibilul ca subordonaţii săi să nu îşi dea seama când se întâmpla ceva în viaţa lui sau cu el. Îi plăcea să creadă că reuşise să îşi separe viaţa profesională de cea personală.

Niciodată nu lăsase pe nimeni să vadă mai mult decât era el dispus să arate. Perfecţionase acea atitudine atât de mult încât devenise o adevărată artă. Şi cu toate acestea, acum le oferise oamenilor săi un motiv să îşi pună întrebări şi să discute comportamentul lui.

Trebuia să găsească o metodă mai bună ca să se descurce atât cu acea problemă cât şi cu Bryony pentru că el, unul, nu putea continua să-şi răstoarne viaţa cu capul în jos. Un astfel de lucru nu ar fi fost de dorit. Simţul lui acut de ordine nu îi permitea aşa ceva, iar dacă el nu avea ordine în viaţa sa, nu putea funcţiona.

DUPĂ UN DRUM ENERVANT prin traficul de la ora de vârf din timpul serii, un McNamara plin de frustrare îşi opri maşina în faţa casei lui Bryony. Bărbatul trebui să zăbovească în maşină câteva secunde bune ca să se calmeze pentru că efectiv clocotea de iritare.

Nu putea înţelege cum de atâţia şoferi incapabili şi-au obţinut permisul de conducere. Aceştia reprezentau o adevărată durere de cap pentru el. Nu avea cum să îi evite pe şosea, iar lucrul care îi plăcea cel mai mult în viaţă era să conducă maşina.

Inspectorul nu se opri nici măcar pentru o clipă să se gândească că poate felul în care el conducea reprezenta o şi mai mare încercare pentru ceilalţi şoferi. Lui îi plăcea să conducă rapid şi riscant, dar, cu toate acestea, el nu vedea nimic rău în aceasta, ceea ce era chiar ironic.

Bărbatul respiră profund de câteva ori şi când a considerat că s-a calmat suficient, scoase cheia din contact.

Casa alb cu albastru a lui Bryony, pe care el o plăcuse atât de mult când o zărise prima dată, îi atrase ochii imediat după ce a coborât din maşină. Din prima clipă în care a văzut acea casă, contrastul dintre albastrul strălucitor al ferestrelor şi al uşii şi albul lucitor al pereţilor îl făcuse să se simtă în largul său.

Fără să vrea, privirea lui McNamara se îndreptă spre casa vecină, exact la timp pentru a vedea umbra unei mâini care împingea perdeaua la o parte. Se părea că bătrâna cotoroanţă dorea să-i arunce o privire.

Ochii iscoditori ai doamnei Stevens îl cercetară insistent, dar el preferă să pretindă că nu a observat că femeia îl spiona. Nu avea dispoziţia necesară pentru o confruntare cu bătrâna zgripţuroaică. Spera numai ca ea să nu treacă pe la Bryony în seara aceea şi să-i strice lui planurile, furând astfel din timpul pe care îl petrecea el cu ea.

MIROSURI ŞI UMBRE

McNamara ştia că bătrâna era capabilă să facă aşa ceva numai pentru ca să-i facă lui în ciudă. Avusese destule experienţe neplăcute cu doamna Stevens în trecut şi devenise precaut când venea vorba de ea.

Gândul că ar fi putut veni pe nepoftite, astfel furând din timpul pe care îl avea el cu Bryony, îl făcu să strângă din dinţi. Şi acela era un obicei de care era conştient, dar pe care alesese să-l ignore, de asemenea.

McNamara era maestru când venea vorba să ignore ceea ce nu dorea să vadă, atâta timp cât nu era ceva legat de un caz criminal. Atunci, el nu trecea cu vederea peste absolut nimic.

Abia urcase treptele ce duceau spre uşa de la intrare a casei lui Bryony, că uşa se şi deschise în faţa lui. McNamara se simţi plăcut surprins să remarce că Bryony îi aşteptase într-adevăr sosirea cu nerăbdare.

Aparent, femeia privise pe fereastră să-l vadă sosind, aşa cum îi şi promisese, iar un zâmbet larg îi flutură acesteia pe buze când dădu cu ochii de el.

McNamara se simţi extrem de uşurat văzând cu câtă plăcere îl primea Bryony. Se temuse că felul în care femeia se comportase cu el în trecut se datorase numai rolului pe care îl jucase el în timpul încercării grele prin care aceasta trecuse.

Bărbatul nu voia să accepte gândul că femeia îi căutase sprijinul numai pentru că el fusese singurul bărbat disponibil să i-l ofere în acel moment. De fapt, de aceea o şi evitase în ultimele câteva săptămâni.

Cu excepţia a vreo două apeluri telefonice, când i-a spus că voia doar să verifice dacă îşi revenise sau nu, detectivul nu făcuse nici cea mai mică încercare să-i vorbească după ce părăsise casa ei a doua zi după încheierea cazului Străzii Privighetorii.

Lui McNamara nu i-a fost deloc uşor să acţioneze astfel, dar cu toate acestea şi-a păstrat distanţa. S-a surprins de mai multe ori întinzând mâna spre telefon pentru a o suna şi de fiecare dată şi-a înăbuşit intenţia pe loc.

— Eram sigură că vei uita de noi după ce ţi-ai rezolvat cazul, detective, spuse ea, iar vocea ei blândă, la care se gândise atât de mult în ultimul timp, i se insinuă în inimă şi o senzaţie de bine i se răspândi peste tot în corp.

— Doar te-am sunat, nu-i aşa? îi răspunse bărbatul morocănos, iar zâmbetul ei se lărgi şi mai mult când îi auzi tonul.

McNamara micşoră distanţa dintre ei şi îi atinse chipul cu un gest absent.

— Ce ai zice dacă am intra în casă? o întrebă el pe un glas coborât.

Bryony aprobă cu o înclinare a capului şi se retrase câţiva paşi în holul casei. McNamara o urmă, fixându-şi ochii pe mişcarea discretă a şoldurilor ei.

Avu însă grijă să îi urmărească toate mişcările pentru a putea să-şi mute privirea în altă parte imediat dacă ea s-ar fi întors brusc. Omul bănuia că femeia nu ar fi fost prea încântată să-i vadă ochiii pironiţi pe partea de jos a corpului ei.

Mirosul casei îi era familiar bărbatului şi acesta avu senzaţia că până şi casa îi ura bun venit. McNamara era sigur că nimic nu se schimbase de la ultima lui vizită acolo.

MIROSURI ŞI UMBRE

Impresia lui că până şi casa îi accepta prezenţa îl nedumerea. Nu era ca şi cum ar fi tânjit să aibă o casă sau o viaţă de familie şi nu-i plăcea deloc direcţia pe care o luaseră gândurile lui.

Tulburat, McNamara preferă să o privească pe Bryony şi să alunge restul gândurilor din mintea lui. De data aceasta, Bryony purta o rochie albastră lungă până la genunchi, care îi expunea picioarele bine formate. Culoarea pală a materialului îi lumina părul cârlionţat de culoarea căpşunilor.

McNamara îşi amintea bine cum se simţea părul ei pe pielea lui şi încercă să împingă memoria la o parte. Nu era cazul să se gândească la anumite lucruri dacă seara aceea nu avea un rezultat pozitiv.

CAPITOLUL 3 – UN ÎNCEPUT INTERESANT PENTRU O SEARĂ

— POT SĂ-ŢI IAU HAINA, detective? îl întrebă ea, întorcându-se spre el când ajunseră în dreptul debaralei de pe hol.

— De ce eşti atât de formală? o întrebă el scoţându-şi haina. Dacă îmi amintesc corect, îmi foloseai numele ultima oară când ne-am întâlnit, continuă el pe un ton dojenitor, după care îi înmână haina.

— Da, mi-aduc aminte, replică ea liniştit, în timp ce îi punea haina pe un umeraş.

După ce închise debaraua, se întoarse spre el.

— De asemenea, mi-aduc bine aminte că ai refuzat să-mi dezvălui prenumele tău, menţionă ea, şi îşi lăsă capul pe o parte, ca şi cum l-ar fi provocat.

Luminile jucăuşe din ochii ei îl avertizară pe McNamara că, de fapt, ea numai glumea cu el. Atitudinea ei nu era nimic altceva decât o tachinare jucăuşă. Nu reprezenta un reproş direct faţă de inflexibilitatea pe care o arătase el la vremea aceea. Dar totuşi, acela tot nu părea un motiv suficient pentru a-i dezvălui prenumele lui. *McNamara* fusese suficient de bun pentru alte femei în trecut aşa că ar fi trebuit să fie suficient şi pentru ea.

Tăcerea se întinse în timp ce cei doi se analizau gânditori unul pe celălalt. Amândoi recunoşteau încăpăţânarea cuiva când o aveau sub ochi.

Lui McNamara i se păru chiar amuzant că o mână de femeie îi ţinea piept. Dar cu toate acestea, privirea din ochii ei îl obligă să spună ceva.

— Artair, admise el într-un târziu, deşi nu avea nici o tragere de inimă să-şi divulge numele.

Îşi păstrase numele secret de prea multă vreme, iar obiceiurile reprezentau o a doua piele pentru el, şi încă una comfortabilă.

— Acesta-i prenumele meu, preciză el, când îi zări privirea întrebătoare.

— Gaelic, observă ea gânditoare. Îmi place. Cred că ţi se potriveşte şi chiar foarte bine. Dacă mi-aduc corect aminte, numele înseamnă *urs* sau *vultur*, spuse Bryony şi aşteptă, mai apoi, ca el să-i confirme supoziţia.

McNamara o aprobă cu o înclinare rapidă a capului, dar nu spuse nimic. Ea îi zâmbi din nou, iar apoi îl invită cu un gest să o urmeze. Nutrind sentimente contradictorii, inspectorul şef o urmă pe tânăra femeie în bucătărie.

MIROSURI ŞI UMBRE

Îşi aducea aminte că femeia prefera să-şi petreacă serile în bucătărie şi se părea că lucrurile nu se schimbaseră pe-acolo prea mult de la ultima lui vizită în casa ei cu câteva săptămâni în urmă.

— Ia loc, îl invită Bryony, gesticulând spre masă. Deja am făcut cafeaua, spuse ea şi se îndreptă spre maşina de cafea pentru a aduce carafa la masă. Dacă te cunosc destul de bine, şi eu zic că da, vei avea nevoie de ea.

— Ce vrei să spui? îi aruncă el o privire încruntată.

— Nu citi mai mult decât este nevoie în chestia asta, replică ea, fluturându-şi degetele. Ştiu doar că îţi place să munceşti ore în şir, iar cafeaua te ajută cu siguranţă. În fond, mai că trăieşti numai cu cafea din câte am văzut, iar munca pare să fie unicul tău motiv de a exista, ridică ea din umeri, ca şi cum ar fi fost pusă în poziţia de a-i explica lucruri elementare ale vieţii.

— Poate că nu şi în seara aceasta, îşi exprimă McNamara speranţa pe o voce uscată, iar apoi luă ceaşca de cafea pe care ea i-o pregătise.

Bărbatul se bucură să vadă că ea îşi amintise cum îi plăcea să bea cafeaua. Era un semn bun până la urmă.

— Deci, Inspectore Şef, spuse Bryony gânditoare, pot să te numesc Artair sau ar trebui să rămân la McNamara?

— Acum nu mai e nici un secret, se strâmbă bărbatul. Nu mai este necesar să continui să mă numeşti McNamara, dar numai atunci când suntem singuri. Nu vreau ca ceilalţi să creadă că şi ei îmi pot folosi numele, se asigură el să menţioneze.

Bryony îi aruncă o privire fugară, iar apoi mai sorbi puţin din lichidul fierbinte din ceaşca ei de cafea.

— Mă întreb de ce, se miră ea pe un glas plin de blândeţe.

Artair ridică din umeri ca și cum răspunsul nu ar fi avut nicio imporanță, dar apoi se gândi mai bine și clarifică:

— Prefer o anumită distanță în relațiile mele, atâta tot.

— Deci ar trebui să mă simt flatată atunci, observă ea gânditoare.

Uitându-se spre el, își dădu seama că lui nu-i surâdea direcția gândurilor ei. Bărbatul părea să fie extrem de neînlargul lui fiind pus în fața gândurilor ei.

Femeia izbucni în râs și îi atinse brațul în joacă.

— Nu te teme, inspectore, nu am vrut să sugerez că noi doi am avea o relație specială. Făceam doar conversație. Știi tu, acel ritual social... un lucru pe care oamenii îl fac atunci când se întâlnesc...

Bărbatul se încruntă la ea, dar numai așa de fațadă. Nu era într-atât de îngust la minte să nu înțeleagă că ea dorea numai să îi alunge îngrijorarea.

Și totuși, în ciuda acelui fapt, omul se simțea ușor confuz pentru că interacțiunea dintre ei nu se desfășura defel așa cum se așteptase el. Cuvintele ei nu îl ajutară să se simtă mai ușurat, dar decise să treacă peste acel moment jenant și încercă să găsească altceva de discutat.

— Cum te-ai mai simțit? o întrebă el, iar ochii lui o cercetară de sus până jos.

Femeia arăta la fel de bine cum și-o amintea el, iar el își amintea foarte bine ochii ei de un albastru întunecat, cu gene lungi, și pielea ei rozalie. Cu părul ei, îl făcea mereu să se gândească la un tradafir scoțian. Un trandafir scoțian sănătos și luminat de soare.

— Nu rău, îi răspunse Bryony cu o ridicare din umeri.

După aceea, femeia se ridică şi, când îi văzu întrebarea mută din ochi, îi spuse:

— Tocmai mi-am amintit că am cumpărat nişte prăjituri din aluat fraged şi nişte fursecuri azi dimineaţă. Cred că s-ar potrivi bine cu cafeaua. Deşi..., începu ea să spună dar apoi lăsă propoziţia neterminată.

— Deşi ce? întrebă McNamara pe un ton suspicios.

Ştia el că fata putea fi impredictibilă şi nu era pregătit pentru nici un fel de surprize chiar atunci.

— Tocmai mă întrebam... Poate că ţi-e foame. Ai venit direct de la muncă, nu-i aşa?

— Nu este nevoie să te oboseşti cu mâncarea, îi înlătură el oferta cu o fluturare a mâinii. Fursecurile sunt suficiente, o asigură el.

Pe de o parte, nu voia defel să risipească puţinul timp pe care îl avea cu ea, iar, pe de altă parte, nu era ca şi cum nu ar mai fi stat flămând în trecut.

— Atunci aduc fursecurile, aprobă Bryony cu o aplecare a capului, după care se duse să scoată fursecurile dintr-un dulăpior şi să le aranjeze pe o farfurie.

Când se întoarse înapoi la masă, McNamara observă că tânăra femeie îşi muşca buza de jos, ca şi cum ar fi vrut să atace un anumit subiect, dar nu ştia cum.

— Vrei să mă întrebi ceva, spuse el. Haide, dă-i drumul, întreabă.

Bryony aşeză fursecurile în faţa lui pe pătratul alb al unui şervet, iar apoi se aşeză de cealaltă parte a mesei şi privi drept în ochii lui. Acum, părea extrem de serioasă.

— Ai mai auzit ceva de domnul Thompson? îl întrebă ea.

McNamara numai la acea întrebare nu se aşteptase. Mai mult decât atât, îi displăcea profund subiectul pe care femeia îl atacase, iar neplăcerea îi luci în ochii îngustaţi.

— De ce te interesează domnul Thompson aşa deodată? o întrebă el, accentuând numele bărbatului în bătaie de joc. Aveam impresia că nu îţi păsa deloc de el.

Cum concluzia lui o şocase, femeia îl privi fix cu ochii mari. Extrem de surprinsă pe moment, Bryony nu reuşi să îi răspundă nimic preţ de câteva clipe.

Inspectorul profită de tăcerea ei şi îi spuse, nu fără oarecare răutate:

— Nu se va întoarce prea curând. Va trebui să îl cam aştepţi o vreme, dacă te-ai decis să îl vrăjeşti.

Bryony simţi amărăciunea ascunsă din vocea lui aşa că se grăbi să clarifice lucrurile imediat. Îl plesni peste braţ, iar apoi spuse:

— Nu mă interesează individul în acel fel, cap pătrat. Întrebam numai din cauza lui Alice. În ultima vreme s-a cam izolat. Din ceea ce am putut vedea, vorbeşte numai cu Mary Reid şi nici măcar cu ea nu se vede prea des. Am văzut-o pe Alice în după-masa aceasta când am venit acasă şi m-a ocolit de parcă aş avea râie. Mă tot ocoleşte de când s-a încheiat cazul şi ca să-ţi spun adevărul, m-am cam săturat de tratamentul acesta. Ştii, problema este că nu ştiu dacă mă învinuieşte pe mine sau nu. Mai mult decât atât, nu arată nici foarte bine, trebuie să-ţi spun.

— Ei bine, situaţia lui Thompson nu este relevantă pentru bunăstarea ei. Omul este vinovat şi şi-a mărturisit implicarea în afacerea cu prostituate sub vârsta consimţământului şi cu şantajele. Nu este chip să scape. Va merge la puşcărie pentru o vreme... Dar oricum, nu am auzit că soția sa l-ar fi vizitat la închisoare așa că aș spune că ea deja a închis ușa peste căsnicia ei. Îmi imaginez că, acum, doar se simte rănită și umilită, iar tu chiar nu poți schimba acest lucru, îi replică el cu indiferență.

Lui McNamara nu-i păsa nici cât negru sub unghie de situația lui Thompson. Și chiar dacă simțea o oarecare compasiune pentru Alice, nici de ea nu îi păsa, în fond.

McNamara învățase să nu se implice emoțional în nici unul din cazurile sale, deși avea el unele îndoieli că s-ar fi putut implica emoțional în orice. Indiferența și lipsa de emoție erau înscrise cu grijă în codul său genetic.

Niciodată nu a depus prea mult efort și nici nu s-a gândit defel la chestiuni atât de nesemnificative. Emoția, mânia sau compasiunea nu făceau decât să arunce o umbră asupra hotarelor, iar lui îi plăcea să vadă totul cât mai clar cu putință.

Oricum, un polițist trebuia să se păstreze complet neatins pentru următorul său caz, pentru că un lucru era sigur: mereu va fi un alt caz. Crima nu dormea nicicând în Edinburg. McNamara nu avea de ce să se îngrijoreze din cauza asta. Știa că slujba lui va fi mereu necesară.

Dar, indiferent de rațiunile practice, el oricum era lipsit de orice fel de empatie și trăia în concordanță cu un set de reguli rigide pe care și le formase el însuși. Doar întâmplarea făcuse ca regulile lui să coincidă cu codul social și legal al societății.

— Nu ești puțin cam... prea rece? se minună Bryony, iar întrebarea ei îl făcu pe McNamara să se încrunte.

— Nu-mi permit luxul de a mă împrieteni cu oamenii pe care îi interoghez sau îi arestez, i-o întoarse el. Apoi mormăi, pe sub barbă: *Ca și cum aș și vrea ca ei să îmi devină prieteni!*

El nu avusese intenția ca acele cuvinte mormăite să treacă mai departe de urechile lui, dar Bryony totuși i le-a auzit, așa că l-a întrebat:

— Deci ar trebui să înțeleg că eu reprezint excepția de la regulă sau ar trebui să citesc ceva diferit în vizita ta din seara aceasta? Am crezut... că suntem prieteni sau... pe cale de a deveni prieteni... M-am înșelat... Artair?

Bărbatul își dădu seama că ea îi folosise prenumele pentru a-și argumenta raționamentul. Omul se uită la ea fix câteva secunde. Părea oarecum nehotărât, iar tăcerea se întinse într-atât de mult încât până la urmă deveni de nesuportat.

— Uite, începu ea în forță, iar ochii ei îi arătară că tăcerea lui o rănise. Nu am avut intenția să te pun în dificultate. Putem continua ca acum fără a încerca să definim ce... înseamnă... chestia aceasta, spuse ea, gesticulând cu mâna între ei doi.

Concesia făcută de ea cu jumătate de inimă îl determină pe Artair să reacționeze. Își trecu degetele prin păr și se ridică de pe scaun brusc, privind-o cu ochi impenetrabili.

Făcu câțiva pași spre fereastră și se opri acolo. Își aruncă privirea afară pe fereastră, dar ochii lui nu înregistrară absolut nimic. Nu văzu nici luminile de pe stradă, nici cele două femei care vorbeau în fața casei familiei Reids.

McNamara avu nevoie de câteva secunde pentru a-și aduna gândurile și pentru a putea răspunde reproșului mut al femeii. Numai când se simți sigur pe el, știind exact ce voia să îi răspundă acesteia, își întoarse el capul spre Bryony.

— Nu m-am gândit la aceasta, recunoscu el. Cred că ai dreptate, însă. Ești într-adevăr excepția de la regulă pentru că în mod sigur vreau ca noi doi să devenim prieteni. Chiar foarte apropiați, dacă aceasta este posibil.

MIROSURI ȘI UMBRE

Curbura zâmbetului ei la cuvintele lui îl umplu de mulțumire. Cu toate acestea, îl și îngrijoră. Dacă femeia avea puterea să-l atingă numai cu un zâmbet, atunci el se găsea într-adevăr în pericol.

Bryony îl invită să revină la masă pentru a gusta din fursecuri, iar după ce el a luat loc, ea conduse discuția departe de munca lui, știind că el nu dorea să discute despre aceasta. În același timp, avu grijă și să mențină discuția cât mai departe de ceea ce simțea el pentru ea.

Bryony nu-l cunoștea foarte bine pe bărbat, dar știa destul de mult ca să înțeleagă că s-ar fi simțit mortificat să-și dea seama că nutrea orice fel de sentimente pentru ceva sau cineva. A vorbi despre acele sentimente cu el nu ar fi fost înțelept.

SEARA SE TOPI UȘOR în noapte, iar ei deja vorbiseră continuu de câteva ore bune.

McNamara își dăduse seama că făcuse o alegere înțeleaptă în seara aceea. Bryony era exact așa cum și-o amintea. Femeia se dovedea mereu inteligentă și plină de umor și, mai important, nu se juca cu el. El îi aprecia onestitatea și femeia nu îl plictisea deloc. Timpul chiar trecuse mai repede decât ar fi crezut.

Când soneria telefonului lui mobil le întrerupse conversația, McNamara se posomorî și strivi o înjurătură între buze, ceea ce aduse un zâmbet malițios pe buzele prietenei sale. Polițistul îi remarcă surâsul și se încruntă la ea, dar apoi trebui să recunoască că reacția ei era răspunsul perfect la propriile lui gânduri.

Detectivul răspunse la telefon, deși nu îi prea venea să lase seara să se încheie. Cu toate acestea, bărbatul își cunoștea datoria și ce trebuia să se vină mereu pe primul loc în profesiunea sa.

Ascultă cu atenție la ce i se spunea, iar apoi răspunse:

— Probabil că voi ajunge acolo în douăzeci de minute.

După aceea, închise telefonul și se întoarse spre Bryony. Îi ajunsese la urechi oftatul aproape imperceptibil care îi zburase femeii de pe buze când i-a zărit ochii.

Zvonul că ochii lui căpătau o culoare metalică și rece ori de câte ori primea vești despre o nouă crimă nu îi era necunoscut. Se părea însă că era incapabil să își controleze acea reacție, chiar dacă ar fi preferat ca fata să nu știe prea multe despre el.

— Trebuie să plec, spuse el fără intonație.

Bryony se mulțumi numai să dea din cap, iar abia apoi spuse pe un ton calm:

— Știu. Să ai grijă de tine, da? mai adăugă ea cu blândețe, dar întrebarea i se simțea în voce.

— Da, o să am, îi răspunse Artair și se întoarse să plece.

În hol, se opri și o privi cu atenție, în timp ce ea îi scotea haina din debara.

— Te voi suna... cât de curând voi putea.

— Știu, Artair... Presupun că vei fi foarte ocupat o vreme... spuse ea ezitând, privindu-l cum își încheia nasturii de la haină.

— Așa este, Bryony. Voi avea o perioadă destul de ocupată. Așa se întâmplă când apare un nou caz... Dar cu toate acestea te voi suna și voi veni să te văd, în regulă?

Ea dădu din cap, iar apoi se ridică pe vârfuri și îi sărută obrazul.

— Una pentru drum, știi tu...

MIROSURI ŞI UMBRE

Ochii lui îi cercetară chipul, iar apoi, el îşi aplecă capul şi îi sărută buzele cu foc. McNamara o mai privi direct în ochii pentru o clipă mai lungă, iar apoi, deschise uşa şi se mistui în noapte.

CAPITOLUL 4 – CORPUL CADAVRULUI LIPSEȘTE

DETECTIVII SE TRASERĂ mai la o parte pentru a-i face loc doctorului să arunce o privire mai atentă la scena macabră. Dar, cu toate acestea, capul atașat de hidrant cu ajutorul propriului său păr îi mesmeriza pe toți și ei îi tot aruncau pe furiș priviri precaute în jur.

Toți detectivii avuseseră parte de mai multe cadavre de-a lungul carierei lor, dar, în ciuda acelui fapt, tot îi cuprindea neliniștea când se uitau în ochii aceia violeți care păliseră și care acum arătau straniu. Le dădea senzația că aveau puterea de a vedea direct prin ei și mai mulți dintre detectivi se înfioraseră din cauza aceasta.

Cum ceața începuse să se rostogolească dinspre apă înspre ei, detectivii aveau impresia că se găseau pe un platou unde se filma un film de groază. Toți priveau în jur, neliniștiți din cauza a ce ar fi putut hălădui prin pădurea întunecoasă.

O pală de vânt bruscă agită frunzele din apropiere, iar Jo mai că sări în sus de spaimă. Se apropie şi mai mult de Mike, şi nu numai pentru căldura pe care trupul lui i-o putea oferi.

Era adevărat, însă, că acum nopţile erau mult mai răcoroase decât zilele, astfel anunţând sfârşitul lui septembrie în Edinburg.

Acel septembrie surprinsese din plin pe toată lumea. Începuse cu temperaturi ridicate şi, chiar şi acum, când se apropiau de finalul lunii, zilele erau mai călduroase decât s-ar fi aşteptat.

Noaptea trecută, fata de la meteo anunţase cele mai ridicate temperaturi înregistrate pentru acea perioadă a anului. În cea mai mare parte a timpului, oamenii ieşeau din casă fără haină, ceea ce părea deja ceva normal.

Dar în ciuda căldurii din timpul zilei, serile şi nopţile deveneau din ce în ce mai reci. Amplitudinea în temperatură era destul de ridicată, deşi vremea nu devenise încă suficient de rece pentru ca să-i facă pe oameni să se îmbrace mai gros. Dar, cu siguranţă, şi aceea urma să se întâmple cam în vreo două săptămâni de atunci încolo.

Detectivii îl puteau auzi pe medicul legist bodogănind, ţinându-i o predică tehnicianului medical. Încercară să audă ce spunea, dar vocea îi era mult prea coborâtă şi nu îi puteau înţelege cuvintele.

Medicului legist nu îi plăcea defel să le împărtăşească nici un fel de informaţii în stadiile timpurii ale unei investigaţii, şi cu siguranţă nu înainte de a fi avut ceva concret să le spună. Aceasta nu însemna însă că poliţiştii nu erau curioşi să audă despre ce vorbea. Până la urmă, curiozitatea înnăscută îi determinase să îşi aleagă profesiunea aceea.

Cu toate acestea, nu încercară să se apropie de el. Ştiau din proprie experienţă că doctorului îi displăcea orice fel de intruziune şi, de altfel, acesta avea un temperament faimos, care rivaliza chiar şi cu cel al lui McNamara atunci când circumstanţele erau corecte.

Nici unul dintre detectivi nu-şi dorea să devină ţinta limbii ascuţite a medicului legist în noaptea aceea. Acela nu era un om cu care să se joace şi, mai mult decât atât, ştiau bine că nu ar fi încetat cu comentariile lui atunci. Omul avea prostul obicei de a le reaminti greşelile, chiar şi după luni de zile după ce acestea au avut loc.

O portieră trântită cu furie îi determină pe toţi cei prezenţi la locul crimei să privească în spatele lor. Sunetul anunţa un nou venit la locul faptei şi cam aveau ei idee cine putea fi acela.

Toţi, inclusiv medicul legist, îşi întoarseră capetele pentru ca să privească mai bine silueta unui bărbat ce se îndrepta spre ei, luând-o direct prin mijlocul pajiştei pentru a scurta drumul. Ceaţa amplifica înălţimea şi silueta întunecată a lui McNamara.

Mike o înghionti cu cotul pe Jo, iar când aceasta se întoarse înspre el, bărbatul îi şopti:

— Uită-te bine, este furios Bistriţă, Jo. Uită-te la el cum merge. Ceva nu i-a picat bine deloc. E clar că o să avem probleme cu el, ascultă, tu, la mine. Ştii cât de volatil este şi orice se poate întâmpla atunci când este într-o astfel de dispoziţie.

Jo privi înapoi spre bărbatul care traversa pajiştea şi oftă. Din păcate, Mike avea din nou dreptate. Prietenul ei era mereu corect când era vorba să citească starea de spirit a lui McNamara.

Oricum, în noaptea aceea, nici ea nu avea cine ştie ce dificultate să îi evalueze starea de spirit a şefului ei. Ştia că urma o noapte lungă şi dificilă pentru că semnele erau vizibile pentru toată lumea.

Furia lui McNamara mocnea foarte aproape de suprafaţă. Acesta aproape că tropăia, iar linia rigidă a umerilor lui arăta că ceva anume îl măcina rău de tot.

Jo ştia că Inspectorului Şef nu prea îi surâdea să fie chemat la scenele crimelor, în general, pentru că, de fapt, acesta avea o aversiune pură faţă de orice crimă. Şi cu toate acestea, acela nu era comportamentul lui obişnuit când se întâmpla aşa ceva. Omul avusese parte de destule apeluri de acel gen şi le luase pe toate aşa cum veniseră, fără să se supere.

Mai era altceva care îl enerva, nu numai ora târzie. Dacă nu ar fi ştiut mai bine, poliţista ar fi presupus că acesta fusese deranjat din timpul unei întâlniri foarte interesante, pentru că inspectorului nu i-ar fi păsat defel dacă ar fi avut una dintre întâlnirile lui obişnuite.

McNamara era un bărbat destul de egoist atunci când venea vorba despre relaţiile sale personale, iar Jo ştia că nu el întrţinuse niciodată o relaţie mai serioasă. Bărbatul nutrea o fobie puternică faţă de orice fel de angajament şi se bucura de orice femeie pentru o vreme foarte scurtă, după care o părăsea în mare grabă. Oricum, din câte ştia ea, McNamara nu mai avusese nici un fel de astfel de întâlniri de ceva vreme deja.

Inspectorul Şef se apropie de grupul de oameni, iar după ce îi salută scurt, se întoarse spre medicul legist:

— Ce avem aici, David? Ai vreo idee?

— Poţi să vezi şi tu însuţi, flăcău.

MIROSURI ȘI UMBRE

Medicul legist se dădu la o parte din fața Inspectorului Șef și, scoțându-și mănușile, îi arătă cu bărbia spre hidrant.

Acum McNamara avea o vedere directă spre capul femeii, iar lucirea metalică din ochii lui îi trădă mânia. Observă nodul cu care capul fusese prins de hidrant și fără să se obosească să se întoarcă spre ceilalți, spuse:

— Shorty, asigură-te că ai făcut o poză cu acel nod. Nu pare să fie un nod obișnuit și poate ne va spune ceva legat de profesiunea ucigașului. Sunt aproape sigur că are legătură cu navigația și ambarcațiunile.

Shorty era pe punctul de a-l asigura că o va face când Mike interveni.

— Dacă nu cumva cu vreo pasiune de-a lui. Poate să fie cineva căruia îi place să navigheze, boss, nu neapărat o persoană care își câștigă pâinea pe un vas.

Jo îl înghionti pe Mike tare cu cotul în coaste. Ea considera că nu era niciodată o idee bună să atragă atenția asupra așa ceva când Inspectorul Șef era într-una din toanele sale.

McNamara o văzu înghiontindu-l pe Mike și un surâs ironic îi apăru în colțul gurii.

— Mike are dreptate, Jo. Nici unul dintre voi nu ar trebui să se teamă să-mi împărtășească ideile lor privind un caz. Doar avem un interes comun, nu-i așa, să rezolvăm cazul, sublinie el, iar apoi se întoarse spre medicul legist din nou. Nu există nici un corp, David?

— Nu pe moment, îi răspunse doctorul, scuturându-și capul. Deși ne-am uitat prin jur cu grijă. Deja am acoperit terenul pe o rază de aproximativ cincizeci de metri. Oricum, Shorty a trimis vreo două echipe ca să cerceteze mai departe. Sper că vor găsi și restul corpului, McNamara, pentru că altfel nu voi fi capabil să-ți dau prea multe detalii având ca punct de plecare numai chestia aceea, continuă el, arătând cu degetul său mare în spate, spre rămășițele umane ce atârnau de hidrant.

— Dar ai tu o idee, bătrâne. Tu întotdeauna ai idei.

Vocea dură a Inspectorului Șef îl îndemna pe bătrânul medic legist să-i dea un răspuns și nu fără motiv. Știa el ce de ce era omul capabil.

David Stewart avea o minte ascuțită și foarte multă experiență. Omul deja lucrase ca medic legist de peste treizeci de ani și avusese de-a face cu destule cazuri stranii.

Bărbatul își dădu ochii peste cap la insistența lui, dar replică:

— Îți pot spune că, în mod cert, femeia a fost decapitată când era încă în viață. Considerând ce ne-a spus femeia aceea bătrână care a găsit-o, aș spune că a fost ucisă cu maximum cincisprezece sau douăzeci de minute înainte ca bătrâna să fi ajuns aici. Ai de prins un criminal foarte agil și iute de mână de data aceasta, McNamara.

McNamara mai aruncă o privire la capul atârnat, iar apoi se uită din nou la doctorul care își scotea o țigară din buzunar, pregătindu-se să plece.

— De ce crezi că este agil? îl opri întrebarea Inspectorului Șef.

— Gândește-te, flăcău, că doar nu este atât de mare misterul. A trebuit să o ucidă și să îi atârne capul acolo în mai puțin de cincisprezece minute, spuse medicul legist pe un ton nerăbdător și iar își îndreptă degetul mare spre capul atârnat de hidrant. Altfel, bătrâna ta ar fi fost martoră la crimă, nu doar persoana care a găsit scena crimei sau, cel puțin, o parte din scena crimei. Ai fi avut două cadavre în loc de unul. Sau, mai bine spus, de o parte dintr-unul, după cum stau lucrurile pe moment... își mormăi el ultima parte a discursului.

— Ai dreptate, admise polițistul. Ai terminat aici? întrebă McNamara cu un semn larg spre zona înconjurătoare.

Medicul legist aprobă dând din cap și își aprinse țigara meticulos, protejând cu grijă flacăra brichetei pentru ca vântul să nu i-o stingă.

Apoi spuse fără să se adreseze nimănui în particular:

— Pot să ridice capul de aici. Am obținut tot ce aveam nevoie.

După aceea, omul se îndreptă spre șosea și, după câțiva pași, strigă înapoi spre ei:

— Desigur, aș avea nevoie și de corp dacă mi-l găsești, flăcău. Nu sunt un afurisit de magician.

McNamara dădu din cap și zâmbi, urmărindu-l pe doctor cu privirea. Își scutură capul, ușor amuzat de atitudinea acestuia, iar apoi se întoarse spre oamenii lui.

Jo tremura. Vântul se cam întețise în ultimele zece minute și temperatura mai scăzuse cu câteva grade.

— Shorty, începe să piepteni zona pentru absolut tot ce am putea folosi. Orice vezi, pune într-o pungă, spuse el, fără să audă mormăiala expertului criminalist.

Omul își cunoștea munca și nu simțea că ar fi avut nevoie de instrucțiuni care ar fi fost mult mai potrivite pentru un începător.

— Jo, unde este femeia aceea bătrână de care am tot auzit? o întrebă Inspectorul Șef pe subordonata sa.

— Este cu James, domnule. Nu o puteam ține aici că tremura ca o frunză și nu numai din cauza frigului, îi explică Jo pe un ton apologetic. Mai mult decât atât, nu prea reușea să își controleze câinele, iar din câte înțeleg, Missy, acela este numele câinelui femeii, avea un comportament cam ieșit din comun și o înspăimânta pe bătrână.

— Aceasta este bine de știut, Jo, dar unde este ea cu James? Nu am văzut pe nimeni în mașinile parcate acolo jos, întrebă McNamara cu exasperare, iar Jo se crispă.

Inspectorul Șef mereu se plângea că nu era destul de precisă când îi prezenta faptele și detectiva nu dorea ca el să se supere pe ea în seara aceea. Bărbatul era departe de felul lui obișnuit de-a fi.

De obicei, era numai ușor morocănos, dar acum dispoziția lui obișnuită părea o rază de soare și ea, una, îi ducea lipsa. Se părea că, în acel moment, starea lui de spirit se înrăutățise considerabil, iar ea știa că nu va mai reuși să se dea bine pe lângă el cu tacticile ei obișnuite. De aceea, se decise să încerce să fie precisă.

— James a condus-o la ea acasă. Am adresa aici, domnule, se grăbi polițista să-i spună și ciocăni în carnetul ei cu un deget cu o manicură perfectă.

Când îi văzu privirea interogativă, deschise carnetul repede și, după ce frunzări printre pagini, îi arătă locul unde scrisese adresa femeii.

McNamara își aruncă privirea peste adresa notată în scrisul indescifrabil al lui Jo și se posomorî. Nu putea ghici deloc ce scrisese femeia pe acea foaie. Se uită fix la pagina scrijelită pret de o clipă, iar apoi se întoarse spre Mike.

MIROSURI ȘI UMBRE

— Mike, tu rămâi aici cu Shorty, în caz că vor găsi restul corpului. Dacă vrei, poți aștepta în mașină, iar Shorty te va chema imediat ce are vești. Dacă nu vor găsi nimic în următoarea oră, ești liber să te duci acasă și să dormi un pic. Ne vedem mâine la secție, la prima oră de dimineață, și vedem atunci ce și cum.

Se întoarse să vorbească cu Shorty și atunci își dădu seama că omul părăsise grupul și se îndrepta spre copaci. Acesta ajunsese departe deja. Cu pașii lui mari, acoperise deja o distanță destul de serioasă.

McNamara nu avea nici un chef să strige după el, așa că își scutură capul și se întoarse din nou spre oamenii săi și zise:

— Mike, după ce plec, sună-l pe Shorty și spune-i să aibă grijă să mă anunțe imediat când a găsit ceva. De asemenea, tu va trebui să-i supraveghezi pe oamenii de acolo, continuă el, arătând spre echipa criminalistică. Așa că, mi-e teamă că nu o să ai parte de o mașină încălzită până ce se întoarce Shorty.

Mike dădu din cap că a înțeles. În același timp, încercă să nu arate sub nici o formă că atitudinea șefului său îl uluia.

McNamara era un șef destul bun, dar niciodată nu își răsfăța subordonații și nici nu își exprima grija pentru confortul lor când erau la datorie. Acesta se vădea mai curând un om indiferent.

Inspectorul Șef părea să fie plin de contradicții în seara aceea, iar lui Mike nu-i plăcea defel când nu înțelegea ce se întâmpla în jurul său.

Vocea lui McNamara îl distrase din gândurile sale.

— Tu vii cu mine, Jo. Trebuie să vorbim cu femeia aceea și nu pot pricepe nici un cuvânt din ce ai scris aici. Va trebui să-mi arăți drumul.

Îi înapoie carnetul şi, cu un gest, o invită să preia conducerea. Jo îşi îndesă mai întâi carnetul în buzunar, iar mai apoi decise să-şi înfigă şi ambele mâini în buzunare. Tremura deja de-a binelea din cauza frigului.

CAPITOLUL 5 – O DISCUŢIE CU MAUDE

MAUDE LOCUIA ÎNTR-UNA din acele case înşiruite şi lipite unele de altele din satul situat în nordul Edinburgului. Rândurile de case albe se întindeau pe fâşia de pământ cuibărită între poalele pădurii şi patul râului Almond, care se unduia de-a lungul ei.

Fiecare căsuţă prezenta trei nivele şi fiecare nivel adăpostea câte un singur apartament, ceea ce îi făcea pe oameni să se întrebe dacă apartamentele erau destul de spaţioase.

Apartamentul lui Maude se găsea la parter şi avea vederea înspre râu. Bătrâna femeie locuise acolo de mai multe decenii şi se simţea chiar confortabil în apartamentul ei care avea doar două dormitoare şi o bucătărie mai mică.

Era mulţumită că avea suficient spaţiu ca să primească oaspeţi când şi când şi nu îşi dorea mai mult de atât. De fapt, un apartament mai mare nu ar fi fost prea convenabil pentru ea. Erau zile când îi era dificil să facă curat în întreaga casă, aşa de mică cum era ea.

Acum avea un musafir pe care nu s-ar fi așteptat niciodată să-l vadă în bucătăria ei. Detectivul Sergent James era politicos și atent. Omul avea grijă să observe imediat dacă femeii îi trebuia ceva, dar, cu toate acestea, ea se simțea ca o muscă sub microscop.

Femeia fusese întotdeauna ușor circumspectă față de poliție. Acel obicei al ei provenea din copilărie. Părinții ei respectaseră autoritatea care venea împreună cu funcția, dar nu se arătaseră prea dornici să se împrietenească cu polițistul satului.

Miezul nopții venise și trecuse și, obosită, bătrâna femeie își aruncă ochii spre ceasul de pe perete. Nu mai stătuse niciodată trează atât de târziu în noapte, ori cel puțin nu i se mai întâmplase așa ceva de vreo două decade, dacă nu mai mult. Nici măcar nu-și mai putea aminti de când.

Femeia nu îl învinovățea pe James pentru aceasta pentru că știa că nu ar fi putut dormi nici dacă Dectectivul Sergent James nu ar fi fost acolo. Avea încă vie în fața ochilor imaginea acelui cap desprins de trup, pe care, de altfel, femeia se îndoia că o va uita prea curând.

Lui Maude nu îi plăceau povestirile macabre. Mai citea ea câte o carte polițistă obișnuită, dar nimic care ar fi evocat imagini înfiorătoare sau care ar fi intrat în detalii privind anumite acte sângeroase. Bătrâna prefera să își păstreze inocența intactă când venea vorba de anumite lucruri.

Femeia își dădea seama că se comporta precum proverbialul struț care își vâra capul în nisip, dar îi plăcea ca somnul să-i fie lipsit de coșmaruri în timpul nopții. Oricum avea ea destule dureri în viața ei obișnuită, așa că spera ca măcar nopțile să nu-i fie tulburate. De obicei, dacă lua o pilulă pentru dormit, era suficient. De data aceasta, însă, se cam îndoia că o pilulă ar fi ajutat-o în noaptea aceea.

— Ești sigur că nu vrei o ceașcă de ceai, tinere? îl întrebă ea pe detectiv. Eu, una, aș bea un ceai de plante fierbinte. Sunt sigură că mi-ar face bine, îi explică ea și încercă să se ridice de pe scaun.

Încheieturile ei tot mai protestau încă și o dureau după sprintul la care le supusese în noaptea aceea.

— Stați jos, doamnă Campbell, o opri James cu o atingere ușoară pe braț. Vă voi face eu ceaiul. Sunt destul de competent în bucătărie, o să vedeți. Știu că ați avut o noapte teribilă și că trebuie să vă odihniți, îi explică el pe un ton plin de considerație, bătând-o pe femeia mai în vârstă ușor pe umăr.

Detectivul știa că oricum femeia nu va fi satisfăcută de serviciul lui și se oțeli de la început împotriva ochilor ei plini de repros și a cicălelii ce urma să vină. Așa ceva era inevitabil. Oamenii în vârstă aveau propriile lor ritualuri și obiceiuri și niciodată nu erau mulțumiți când altcineva făcea ceva, chiar dacă până la urmă recunoșteau că aveau nevoie de ajutor. James pregăti cu stoicims ceainicul sub ochii atenți ai lui Maude.

La fel ca cea mai mare parte a oamenilor de o anumită vârstă, și Maude era convinsă că nimeni nu era capabil să facă absolut nimic așa cum voia ea, iar așa cum dorea ea, era maniera corectă de a face ceva. Se temea că bărbatul va strica fie ceaiul, sau, mai rău, îi va ciobi ceainicul.

Cu toate acestea, James reuși să o impresioneze. Omul nu comise decât o singură greșeală, iar femeia se crispase când acesta a pus ceainicul pe un prosop de bucătărie în loc să folosească o tavă, dar se abținu să spună ceva.

Bărbatul încerca să o ajute, până la urmă, şi se dovedise destul de competent. Cel puţin mult mai competent decât nepoata ei, Maggie.

Fata aceea o înnebunea efectiv când venea să o viziteze. Era la fel de încăpăţânată ca şi mătuşa ei şi deseori se certau din cauza aceasta. Amândouă erau croite din acelaşi material. La o adică, după cum spuneau oamenii, aşchia nu sare departe de trunchi.

Şi tatăl lui Maude fusese un om foarte îndărătnic. Acesta era în stare să continue să susţină că cerul era roşu până ce nu ar mai fi avut suflu dacă s-ar fi nimerit să afirme aşa ceva de la bun început. Niciodată nu ar fi revenit asupra vreunei afirmaţii pe care a făcut-o.

De fapt, de aceea şi murise, bietul de el. Omul considerase că vremea se va îmbunătăţi cu siguranţă aşa că nu ar fi fost cazul să îşi amâne călătoria sau, cel puţin, să poarte haine mai călduroase. Nu a vrut să audă nici un cuvânt din ce îi spuneau ceilalţi.

Până la urmă s-a dovedit că vremea nu a avut de gând să coopereze cu el, iar omul a decedat după vreo trei săptămâni. O pneumonie virulentă i-a distrus plămânii, iar doctorii nu au mai putut să facă nimic pentru el.

Detectivul Sergent James puse o ceaşcă şi o farfurioară în faţa lui Maude, iar mai apoi turnă şi ceaiul în ceaşcă pentru bătrâna doamnă. Observase el că femeia nu era prea mulţumită de ceea ce făcea el. Nu că ar fi fost un secret. Gura acesteia era strânsă într-o linie subţire, de parcă aceasta şi-ar fi încleştat dinţii ca să-şi poată ţine gura închisă.

Bărbatul îşi păstră chipul neutru, deşi îi venea să zâmbească, dar nu voia ca ea să-i ghicească gândurile.

MIROSURI ȘI UMBRE

Abia terminase să-i toarne femeii ceaiul, când cineva bătu la ușă. Detectivul îi făcu un semn bătrânei să rămână așezată pe taburet și se duse el însuși la ușa de la intrare. Nu se aștepta la necazuri, dar prefera să fie prudent și să verifice mai întâi cine se găsea la ușă decât să-i pară rău mai târziu.

Privi prin vizorul de la ușă și îi zări pe Jo și McNamara. Aceasta îl determină să se întoarcă spre gazda sa și să o liniștească:

— Este doar poliția, doamnă, nu vă faceți griji.

Detectivul Sergent James deschise ușa pentru a da cu ochii de un McNamara întunecat la față. Inspectorului Șef nu îi plăcea să aștepte nici măcar trenul, așa că să fie în situația de a aștepta în fața unei uși închise era mult mai iritant decât atât pentru caracterul său nerăbdător.

— Sunt cumva unele probleme, James? întrebă el, ridicându-și o sprânceană cu reproș.

Îl auzise pe sergent când s-a apropiat de ușă și nu înțelegea de ce i-a luat atât de mult timp ca să o deschidă.

— Nu, nu sunt probleme, Inspectore Șef. Doar că o linișteam pe doamna Campbell, care este aici în bucătărie. I-am spus că nu are de ce să-și facă griji, îi explică James, dându-se mai apoi la o parte pentru a-i lăsa pe cei doi să treacă.

Inspectorul Șef pătrunse în hol, urmat de Jo, care îi zâmbi lui James cu căldură:

— Ai totul sub control aici, nu-i așa, Ainsley?

Jo era una dintre puținii oameni din secție care foloseau prenumele sergentului. Cea mai mare parte a colegilor săi se obișnuiseră să-l numească James și acum niciodată nu i se mai adresau altfel.

— Da, totul este bine. Doamna Campbell este mai puțin înspăimântată acum, declară el cu subînțeles, iar McNamara îi aprecie grija.

Știa el, de altfel, că putea întotdeauna să conteze pe bunul simț al sergentului. Omul avea un dar aparte de a-i face pe oameni să se simtă în largul lor și, implicit, să facă interviurile ulterioare mai ușoare.

Inspectorul Șef intră în bucătăria bătrânei și își aplecă ușor capul în fața ei.

— Bună seara, doamnă Campbell, o salută el, în timp ce ochii lui cutreierară silueta femeii plăpânde.

Știa McNamara că probabil biata femeie era cumplit de zdruncinată. Acel cap ce fusese atârnat de hidrant în văzul tuturor nu reprezenta o priveliște prea plăcută pentru cei cu inima slabă. Chiar și o persoană cu un caracter extrem de puternic nu s-ar fi simțit în largul ei și, probabil, că s-ar fi speriat.

Maude își ridică privirea spre el, iar el recunoscu imediat tăria de caracter și hotărârea din acei ochi, iar comportamentul lui se mai îmblânzi puțin.

— Pot să iau loc? întrebă el pe un ton liniștit.

Maude îi aprobă cererea, aplecându-și capul, după care îi indică unul dintre taburetele care înconjurau masa din bucătărie. McNamara își scoase haina și și-o așeză pe unul dintre taburetele din apropiere, iar apoi, se așeză vis a vis de Maude și o întrebă:

— Cum vă simțiți?

O lumină rebelă luci în ochii ei și ea i-o întoarse pe un ton iritat:

— Și cam cum crezi tu că mă simt, tinere?

MIROSURI ŞI UMBRE

Ochii detectivului sclipiră şi colţurile gurii sale se ridicară într-un surâs. Îi plăcea femeia. O fi fost ea şocată mai devreme, dar, aparent, îşi revenise suficient de bine. Silueta ei fragilă ascundea oţel, iar McNamara învăţase deja să recunoască un spirit înrudit cu al lui.

— Presupun că ai veniti aici să îmi pui întrebări pertinente, nu să discuţi nimicuri, continuă ea pe un ton abraziv.

Femeia îi luă măsura bărbatului fără jenă. Inspectorul era un lup, nu ca James care era deja domesticit. O femeie mai hotărâtă l-ar fi putut călca pe sergent în picioare fără nici un fel de probleme.

McNamara ghici o parte din ceea ce-i trecea acesteia prin cap şi surâse. Era destul de bărbat ca să se simtă măgulit de gândurile femeii.

— Bine, doamnă Campbell. Spuneţi-ne în cuvintele dumneavoastră ce s-a întâmplat în seara aceasta, o invită el cu un gest.

— Hmm... murmură ea, privindu-l pe sub gene. Vei fi dezamăgit, îi spuse ea şi ridică din umeri cu graţie. Nu am văzut nimic mai mult decât ai văzut tu, continuă ea, deşi aş fi preferat să nu văd deloc...

Femeia nu mai spuse nimic câteva secunde şi privi în gol ca şi cum ar fi vrut să îşi adune gândurile. McNamara nu o întrerupse, ci aşteptă. Bătrâna se cutremură şi îşi întoarse privirea spre el din nou.

— Am ieşit la plimbare cu Missy, spuse ea, iar apoi arătă cu degetul spre câinele de vânătoare care dormea liniştit pe o pernă într-un coţ al bucătăriei. Acum este obosită, remarcă Maude cu sarcasm. Nu era aşa de obosită când mă târa prin toată pădurea, spuse ea muşcător cu o exagerare evidentă.

Numai ce ne plimbam când a început să mârâie şi să urle... Apoi a luat-o la goană spre nenorocitul acela de hidrant... Ca şi cum hidrantul ar fi putut să se ridice de acolo şi să o ia la goană... îşi scutură Maude capul.

Încă o mai dureau genunchii, iar extenuarea îi cuprindea încet, încet, corpul, fibră după fibră. Ştia ea că până la urmă o va ierta pe căţea. Probabil chiar a doua zi de dimineaţă, după ce a avut parte de o noapte de somn bună.

— S-a oprit numai când am ajuns acolo.

— Aţi văzut ceva? se interesă McNamara.

Oboseala îi încreţise femeii colţurile ochilor şi se zărea, de asemenea, şi în linia strânsă a buzelor. Dar, cu toate acestea, McNamara tot trebuia să îi pună întrebări.

— Când am ajuns acolo, nu am văzut nimic. Eram numai fericită că afurisita de căţea se oprise. Mi-am închis ochii de uşurare şi am încercat să-mi calmez respiraţia... Numai când nu mi-a mai clocotit sângele în urechi, mi-am deschis ochii şi am văzut chestia aceea... i se pierdu vocea, iar ea îşi apăsă degetele tremurânde peste buze.

McNamara aşteptă cu răbdare când îi observă ochii înlăcrimaţi. Lacrimile păreau gata să se prelingă peste obrajii ridaţi ai bătrânei, iar el decise să-i arate acesteia compasiune chiar dacă ar fi avut senzaţia că asta l-ar fi ucis. Maude atinsese o coardă specială în inima lui.

Maude trebui să recurgă la toată tăria de care era capabilă pentru a-şi opri lacrimile. În fond, femeia nu plângea niciodată în public. Ce naiba, nu mai plânsese de-a lungul ultimelor două decenii. Lacrimile i se uscaseră când a văzut trupul soţului ei târât de o maşină. Un turist uitase să conducă pe partea stângă a şoselei şi l-a lovit din plin la viteză maximă.

MIROSURI ȘI UMBRE

Femeia își scutură capul și își ridică privirile spre detectivi din nou. Observă simpatia atât pe chipul lui Jo, cât și pe al lui James, și le aruncă o privire amarnică. Ea nu avea nevoie de mila lor.

Cu sfidare, își întoarse ochii spre McNamara. Chipul lui nu trăda absolut nimic și ea se bucură când observă lipsa empatiei din ochii lui.

— Am văzut capul și nodul făcut cu părul victimei... Am văzut cum sângele încă mai picura și băltea pe pământ... Am văzut ochii aceia violeți pălind... Și, la naiba, dacă îmi pot aduce aminte unde i-am mai văzut înainte... mormăi ea pe sub barbă.

McNamara însă îi auzi mormăielile și se aplecă în față.

— Ai spus că ai văzut acei ochi înainte? O cunoști pe femeie? întrebă el tăios.

— Nu, nu o cunosc pe femeie, replică ea supărată. Vreau să spun că nu îi știu numele și nu știu nimic altceva despre ea... Și cu toate acestea mi-amintesc că am vorbit cu ea...

— Când și unde? o întrebă McNamara.

— Ți-aș fi spus dacă mi-aș fi amintit, se răsti ea la el.

Știa că nu era vina omului că ea nu își putea aduce aminte. Dar se simțea vinovată și ar fi preferat să transfere vina asupra altcuiva. Memoria încă nu i se șubrezise și ar fi trebuit să fie capabilă să-și amintească unde a văzut-o pe acea femeie.

McNamara își înghiți o replică aspră. Femeia era destul de bătrână pentru a avea unele probleme cu memoria. Era, de asemenea, și foarte tulburată și numai aceasta îi mai lipsea, să se răstească el la ea.

— În regulă, doamnă Campbell, nu este nici o grabă. Când îți vei aduce aminte, o să ne spui. Ar mai fi altceva ce ar trebui să ne spui?

Ea îl privi direct în ochi şi aproape că scutură din cap. O clipă mai târziu, reconsideră situaţia şi se apleacă în faţă de parcă ar fi dorit să-i împărtăşească un secret important. Degetele ei trecură peste tăblia mesei cu ezitare.

— Da, sângele, Inspectore... Era proaspăt... Încă mai curgea... Femeia abia fusese ucisă... Şi eu cred că... ucigaşul era încă acolo... Vreau să spun că atunci când Missy alerga înspre hidrant, el trebuie să fi fost acolo... Erau prea multe umbre şi nu am văzut... o persoană... dar... ceva era... Iar când sunam la 999, am simţit pe cineva privindu-mă dinspre linia copacilor... Şi nu mi-am imaginat toate acestea, tinere, se repezi ea furioasă la James, iar apoi se încruntă şi la Jo, pentru ca să fie sigură că s-a ocupat de toţi.

Femeia ghicise cu acurateţe. Atât James cât şi Jo considerau că Maude numai îşi imaginase acele lucruri din cauza fricii.

McNamara se văzu obligat să îşi oprească zâmbetul. Îi plăcea femeia. Comportamentul ei onest era înviorător şi nu credea că mulţi ar fi îndrăznit să o supere voit.

— Cred că aveţi dreptate, doamnă, dădu McNamara din cap spre ea. Crima era proaspătă şi în mod sigur criminalul nu a avut timp să se îndepărteze prea mult.

— Atunci... nu ar trebui să punem pe cineva să o păzească pe doamna Campbell? întrebă James.

McNamara se gândi la cuvintele lui câteva clipe, iar apoi îşi scutură capul.

— Nu, nu vom lăsa pe nimeni aici cu ea. S-ar putea ca ucigaşul să o urmărească, este adevărat, dar dacă punem pe cineva aici în casă să o păzească, el se va gândi automat că dânsa ştie ceva. Acum, însă, el poate să creadă că ea nu l-a văzut şi că nu are de ce să se teamă din cauza dânsei, explică el, în acelaşi timp, privind-o pe Maude drept în ochi. Desigur, vom avea pe cineva care vă va păzi de la depărtare. Dacă încercă careva să ajungă la dumneavoastră, veți fi protejată.

Maude era întru totul de acord cu el. Nu era necesar să se pună în pericol dacă putea evita așa ceva.

— Perfect, replică ea. Atunci puteți pleca acum ca să mă pot duce și eu la culcare.

Tonul ei era dur și nu admitea nici un fel de argument. McNamara își înăbuși un zâmbet. Maude se dovedea a fi o femeie extrem de puternică.

CAPITOLUL 6 – CORPUL CADAVRULUI ESTE DESCOPERIT

MCNAMARA SE SPRIJINI cu spatele de pervazul ferestrei. Îşi încrucişă braţele peste piept, iar ochii săi îl evaluară deschis pe medicul legist.

David Stewart tocmai ce venise în biroul său şi nu prea părea să se afle într-o dispoziţie prea bună. Buzele lui McNamara tremurară uşor încercând să acopere un zâmbet.

Stewart nu mai fusese în toane bune de vreo douăzeci şi cinci sau treizeci de ani. Probabil că şi pe vremea când era fecior fusese la fel de arţăgos ca şi acum.

Bărbatul tot învârtea absent o ţigară între degete. Inspectorul Şef ştia că nu o va aprinde în biroul lui, dar, de asemenea, ştia că medicul legist regreta timpurile când ar fi putut-o face.

— Ei bine, ai ceva veşti pentru mine? întrebă detectivul şi se împinse în pervazul ferestrei ca să îşi ia avânt. Traversă încăperea spre biroul lui şi se aşeză pe scaun.

— Ceva veşti, da, replică omul mai în vârstă pe un ton reticent.

Cum el nu mai continuă şi păru pierdut pe gânduri, McNamara îl întrebă pe un ton sarcastic:

— Şi cam ce ar trebui să fac pentru a auzi acele veşti?

Medicul legist îşi ridică imediat privirea spre el, iar o roşeaţă uşoară îi pudră vârful pomeţilor. Omul fusese cam obosit în ultima vreme, iar mintea lui cam rătăcea pe alte cărări.

— Am găsit restul corpului, spuse el brusc pentru a-şi acoperi distracţia de mai devreme.

— Nu mai spune? întrebă McNamara pe un ton liniştit.

Deja ştia că fusese localizat restul corpului. Shorty îl sunase de dimineaţă ca să îi spună.

Ucigaşul cărase trupul de cealaltă parte a pădurii şi îl aruncase într-o zănoagă. Mai bine spus, îl aruncase cu aceeaşi grijă cu care cineva ar fi aruncat o grămadă de gunoi.

O lucire metalică fulgeră în ochii detectivului. Avea el o problemă cu oamenii care priveau viaţa umană cu foarte puţină consideraţie.

Stewart văzu în ochii lui McNamara că acesta deja ştia că fusese descoperit corpul victimei, dar ridică din umeri indiferent.

— Da, era împachetat în plastic... Femeia a fost decapitată pe acea fâşie de plastic... Cu un topor, continuă el absent, învârtind ţigara între degete.

MIROSURI ŞI UMBRE

McNamara avea nevoie de un medic legist cu mintea clară, iar bărbatul pe care îl avea în faţa ochilor părea prins în vâltoarea gândurilor sale personale. Iar obsesia lui cu ţigarea aceea îl călca pe detectiv pe nervi.

— Aprinde o dată nenorocita aia de ţigară, David, izbucni el. Ce naiba se întâmplă cu tine?

McNamara aproape că îşi regretă ieşirea. Doctorul mai că sărise din scaun.

— Nimic... spuse acesta şi îşi scutură capul.

McNamara nu putu să nu observe că omul nu avea curajul să îl privească drept în ochi.

— David, spuse el pe un ton calm, în acelaşi timp ridicându-se de pe scaun, pentru a ocoli biroul şi a se opri în faţa medicului. Noi doi ne cunoaştem de ceva vreme... Chiar de foarte multă vreme, accentuă el, iar apoi îi atinse umărul bărbatului. Mie poţi să-mi spui, îi zise el pe un ton mai puternic.

Inspectorul Şef nu era deloc interesat în vieţile oamenilor, în mod obişnuit, dar cu toate acestea, avea el o oarecare slăbiciune pentru unii dintre oamenii lui. El nu avea niciun fel de prieten în adevăratul sens al cuvântului, dar David Stewart era persoana care se apropia cel mai mult de definiţia unui prieten pentru el.

Stewart îşi ridică privirea spre el şi, spre mâhnirea lui McNamara, lacrimi apărură în ochii omului mai în vârstă.

— Ce este, David? insistă el, având presentimentul că ceva rău i se întâmplase acestuia.

— Agatha, şopti medicul legist.

— Ce este cu Agatha? întrebă McNamara cu teamă.

Răspunsul lui Stewart îl îngheţase până la oase.

— Doctorii spun că s-ar putea să aibă cancer... I-au descoperit o tumoare pe creier... A fost programată pentru operație în dimineața aceasta, spuse el, șuierând cuvintele printre buzele tremurătoare.

Degetele lui McNamara se înfipseră în umărul bărbatului fără ca măcar să își dea seama de gestul său. Nu se așteptase la așa ceva. Brusc, se trase la o parte și urlă la medicul legist cu furie adâncă:

— Și ce naiba faci aici? Nu ar trebui să fi acolo? Cu ea? Când se trezește după anestezie?

— A trebuit să termin autopsia, răspunse omul cu un calm nefiresc. Am terminat autopsia, specifică el.

— Nu dau nici măcar o para chioară pe autopsie, David, lovi McNamara tăblia mesei cu pumnul.

De data aceasta răcnetul lui ajunse și la urechile celor care se găseau de cealaltă parte a ușii și toată lumea din biroul comun al detectivilor se opri din ceea ce făcea. Polițiștii priviră spre ușa închisă a Inspectorului Șef, așteptând să vadă ce urma să se mai întâmple.

Inspectorul Șef nu credea că lui David Stewart nu-i păsa de soția sa, dar nu putea nici înțelege ce se petrecea în mintea lui.

— Ar trebui să fi acolo, David, repetă el pe un glas mai blând.

— Voi fi acolo, șopti acesta. Agatha a vrut ca eu să-mi fac slujba, așa ca de obicei, iar apoi să merg la ea după-masă, continuă el pe o voce mai puternică. Nu este o operație ușoară. Durează câteva ore, explică el, iar ochii i se rătăciră afară pe fereastră.

McNamara își dădu seama că medicul legist repeta ceea ce îi spusese Agatha și că el se decisese să-i respecte dorința.

MIROSURI ŞI UMBRE

— Dar te vei duce la spital după ce terminăm aici, insistă el, ochii lui sfredelindu-l pe bărbatul mai vârstnic.

David îl aprobă dând din cap.

— Destul de curând... Am terminat totul... Am scris raportul...

— Mai vrei să adaugi ceva la acel raport, David? întrebă McNamara, acum mai calm.

Omul păru să se gândească la întrebarea lui câteva secunde, iar apoi o înlătură scuturându-şi capul.

— Nu, totul este acolo, spuse el şi, împingând dosarul spre McNamara, se ridică. Plec acum.

Detectivul doar dădu din cap. Nu mai putea face altceva pentru că buzele îi erau strânse într-o linie subţire.

Când David ajunse la uşă, inspectorul îl întrebă:

— Chiar nu mai există nici o speranţă?

Medicul legist se opri cu mâna pe clanţa de la uşă şi ezită câteva clipe. Apoi, se întoarse spre McNamara şi spuse:

— Mai este... dar mi-e teamă să mai sper, ştii cum este, nu?

— Şi Agatha ce părere are?

— Oh, ea mai speră, răspunse Stewart cu un zâmbet trist. A spus că nu mă va părăsi tocmai acum, ştii tu.

— Atunci este posibil ca totul să fie bine, insistă inspectorul, care credea cu tărie că fiecare îşi putea clădi propria-i soartă.

— Şansele sunt cam slabe, ridică medicul din umeri. Dar poate... ştiu eu... poate... va fi iertată, spuse el şi se întoarse spre uşă.

O lacrimă îşi găsise drum în jos pe obrazul lui şi nu dorea să arate nici un fel de slăbiciune în faţa prietenului său.

— Atunci eu cred că va fi, replică McNamara cu hotărâre.

Doctorul nu putu face nimic altceva decât să zâmbească când auzi oţelul din vocea bărbatului mai tânăr. Ca şi cum el ar fi putut determina acea tumoare să fie benignă. Îşi scutură capul şi părăsi camera în tăcere.

McNamara îşi smulse ceaşca de cafea de pe birou, dar înainte de a putea bea din ea, degetele lui o sfărâmară. Acum, dădu frâu liber furiei pe care încercase să şi-o controleze cât David Stewart se aflase în biroul său. Agatha era unul dintre puţinii oameni pe care el nu numai că-i tolera, dar îi şi admira şi îi plăcea.

Un ciocănit la uşă îl determină să mârâie.

— Nu acum, strigă el.

De cealaltă parte a uşii, mâna lui James îngheţă în aer. Era pe punctul de a ciocăni din nou. În tăcere, bărbatul se reîntoarse la biroul lui, întrebându-se ce s-a întâmplat.

McNamara era el brusc şi direct uneori, dar James nu-l considerase niciodată volatil. Tonul Inspectorului Şef tocmai îi dovedise că se înşela.

LUI MCNAMARA ÎI TREBUI mai bine de o jumătate de oră ca să-şi calmeze gândurile furioase. Când furia i s-a liniştit în sfârşit, bărbatul s-a aşezat din nou la biroul său şi a înşfăcat raportul cu autopsia. A citit câteva rânduri pe sărite ici colea, iar apoi a format o extensie.

MIROSURI ŞI UMBRE

— James, vino în biroul meu. Adu-i şi pe Mike şi Jo cu tine, ordonă el pe tonul său obişnuit, iar mai apoi, neaşteptând să mai audă răspunsul lui James, McNamara puse receptorul în furcă şi se lăsă pe spate în scaun.

Detectivul nu avu mult de aşteptat. În mai puţin de cinci minute, cei trei detectivi intrară în încăpere. Chipurile le erau umbrite de nelinişte, iar McNamara nu îi putea învinui pentru aceasta. Ştia că îşi pierduse firea pentru o clipă cu David şi vocea lui probabil că a ajuns până în biroul detectivilor.

Cu un semn al mâinii, le indică să se aşeze în scaunele din faţa biroului său, iar apoi împinse raportul cu autopsia spre ei.

— După cum puteţi vedea, femeia a fost ucisă acolo, chiar lângă hidrant. Criminalul a întins-o pe folia de plastic, iar apoi nu a mai avut nimic altceva de făcut decât să ruleze corpul rămas în folia respectivă, explică el. Un mijloc bun de transport, continuă el, degetele sale bătând darabana pe tăblia mesei.

Anxietatea pe care o resimţise se mai domolise, dar nu dispăruse complet. Încă îi mai zumzăia în sânge şi îl obliga să vorbească mai repede pentru a o acoperi.

— Medicul legist a descoperit cloroform în corp. Deja testase corneea când corpul a fost găsit şi găsise reziduuri de cloroform şi în cornee.

— Individul trebuie să fie puternic, spuse Mike pe un ton gânditor. A cărat trupul tocmai în partea cealaltă a pădurii şi încă destul de repede. Altfel l-am fi prins.

— Exact punctul meu de vedere, îl aprobă McNamara. Căutăm un bărbat puternic, care are cunoştinţele unui marinar despre noduri şi o mână precisă când este vorba să mânuiască un topor. Nu este un om căruia să i se facă rău când descăpățânează pe cineva, scutură el din cap. Îți trebuie ceva sânge rece să decapitezi o femeie, cred eu, observă el cu cinism.

— Da, nu oricine ar putea să o facă, comentă și James, ridicându-și ochii de pe pagina pe care o citea.

— Aveți noutăți privind identitatea ei? o întrebă Inspectorul Șef pe Jo, deoarece, în acea dimineață, ei îi trasase detectivei sarcina de a descoperi identitatea femeii, știind că aceasta era foarte bună la a descoperi indicii.

— Mi-e teamă că nu, replică ea pe un ton apologetic, scuturându-și capul. Nu există nimic în sistem. Nu sunt amprente, fotografii... Încă mai întrebăm în jur să vedem dacă dăm peste cineva care a cunoscut-o.

— Poate că pot face eu un pic de lumină, observă James pe o voce liniștită, aplecându-se în față.

Toți ochii se întoarseră spre el și, din instinct, sergentul se agită puțin sub privirile lor foarte atente. Omul avu nevoie de întreaga sa putere de voință pentru a nu le arăta că nu se simțea în largul lui când se găsea în centrul atenției.

— Doamna Campbell a sunat, continuă el. Și-a amintit unde a văzut-o pe femeie.

— Și tu vii la mine cu această noutate abia acum? tună McNamara, străpungându-l pe tânărul sergent cu ochii.

— Am încercat să vă vorbesc când a sunat, dar ați spus să nu vă deranjez, domnule, replică bărbatul pe un ton calm.

Cu toate acestea, sergentul trebui să facă ceva efort ca să nu își șteargă fruntea pe care sudoarea i-o acoperise cu degete lipicioase. O picătură îi căzuse deja pe o sprânceană.

MIROSURI ŞI UMBRE

James nu ştia de ce Inspectorul Şef avea un astfel de efect asupra lui, dar se hotărâse să nu arate nici un fel de slăbiciune în faţa lui. Aceea ar fi fost mult mai rău. McNamara nu putea suporta un om care tremura în cizme la cel mai mic mârâit al lui.

— Da, ai dreptate, concedă McNamara, înjurându-se pe sine în gând, pentru că, de fapt, niciodată nu permitea ca problemele sale personale să se interfereze cu datoria. Deci, ce a spus femeia? îl întrebă el pe sergent.

— Şi-a amintit că a văzut-o pe esplanadă de câteva ori în timpul dimineţii. I-a recunoscut ochii violeţi. A mormăit ceva despre ei, cum că ar fi de acelaşi violet ca ochii lui Liz Taylor.

— Liz Taylor? se încruntă detectivul pentru că nu-şi putea aminti de nimeni cu acel nume.

— O actriţă americancă, şeful, îi oferi Jo informaţia. A fost o mare actriţă şi a fost renumită pentru ochii ei violeţi.

— Ah, bine atunci, dădu el problema la o parte cu un gest, negăsind-o deloc interesantă, iar apoi se întoarse din nou spre James. A vorbit bătrâna cu această Liz Taylor?

— Nu, nu a vorbit ea, dar a văzut-o vorbind cu o femeie din vecinătate. Doamna Campbell crede că victima probabil o întreba despre un loc anume, pentru că cealaltă femeie tot îi arăta victimei ceva cu un deget osos pe care îl întindea încolo şi încoace, îşi încheie James explicaţia.

— Înţeleg, spuse McNamara şi aruncă o privire spre ceasul de la mână. Este aproape ora două. Cred că tu şi cu mine vom merge la vânătoare, James, spuse el şi se ridică. Voi doi, se întoarse el spre Jo şi Mike, încercaţi în continuare să aflaţi dacă există ceva pe undeva despre această femeie.

Jo şi Mike înţeleseră şi se grăbiră să părăsească încăperea. James se gândi să-l aştepte pe McNamara. Îşi închipuise că detectivul îşi va lua haina şi va pleca cu el.

— Aşteaptă-mă în biroul detectivilor câteva minute, James, îi spuse McNamara şi se aşeză din nou la birou.

James era complet confuz din cauza a ceea ce se întâmpla, dar dădu din cap şi părăsi şi el încăperea.

CAPITOLUL 7 – ULUIRE DIN CAUZA UNEI SIMPLE RELAŢII

CÂND UŞA SE ÎNCHISE în spatele lui James, McNamara îşi luă telefonul mobil de pe masă şi apăsă tasta pe care o programase pentru formarea numărului telefonului mobil al lui Bryony. Detectivul ştia că femeia ar fi trebuit să fie la magazin la ora aceea.

Bărbatul se gândise la ea din ce în ce mai des din noaptea prcedentă. Numai datorită voinţei sale puternice rezistase să aştepte până atunci fără ca să o sune. Evident că nu îi păsa dacă era ocupată sau nu în acel moment.

Detectivul nu putea să înţeleagă defel de ce era atât de nerăbdător să îi audă vocea. Chiar se încruntă aşteptând ca ea să-i răspundă şi îşi forţă bătăile inimii să revină la normal. Doar nu era un adolescent, pentru Dumnezeu, iar Bryony nu era prima fată care l-a interesat vreodată.

— Bună, vocea lui Bryony îi invadă gândurile brusc, iar căldura i se răspândi în piept.

— Bună, replică el cu o asprime inexplicabilă.

Ursuzenia i se datora lui, dar Bryony nu avea de unde să știe aceasta.

— Sunt eu, McNamara, specifică el, iar apoi se simți ca prostul satului.

Doar se aștepta ca ea să-i recunoască vocea. Numai ce o auzise cu o seară înainte, în fond.

— Oh, salut, străine. Nu mă așteptam să mă suni atât de curând, îi răspunse ea, iar sunetul vocii ei îl făcu să înțeleagă că zâmbea.

Ca răspuns la cuvintele ei, gura lui se strânse într-o linie aspră. Detectivul era confuz și acela nu era un sentiment pe care îl agreea.

Atât comportamentul său cât și așteptările lui reprezentau o problemă. Răspunsul pe care i l-a dat ea când i-a auzit vocea reprezenta o altă problemă.

Lui McNamara îi plăceau lucrurile ordonate: conversațiile ordonate, reacțiile care respectau o anumită ordine și relațiile ordonate. Dacă ceva se îndepărta de la acea ordine la care se aștepta el, atunci lumea lui se întorcea cu capul în jos, iar el nu se mai putea orienta.

Bărbatul punea foarte mare preț asupra controlului pe care îl exercita asupra vieții sale, așa că nu putea accepta ca ceva să îi distrugă ordinea prestabilită.

— Am spus că te voi suna, replică el pe un ton ursuz.

Replica lui poate că sunase a reproș, dar nu avu efectul așteptat asupra ei, ba chiar dimpotrivă, o făcu să zâmbească din nou.

— Da, ai spus, e adevărat. Dar ai spus aceasta şi în trecut şi ai aşteptat câteva săptămâni înainte să mă suni, aşa că... sublinie Bryony, cu o ridicare din umeri, tărăgănându-şi cuvintele.

În ciuda neplăcerii provocate de cuvintele ei, bărbatul trebui să admită că femeia avea dreptate.

— Te sun acum, nu-i aşa? i-o întoarse el şi apoi se pocni peste frunte imediat. *Eşti un conversaţionalist strălucitor, McNamara. Bravo ţie!*

— Asta este adevărat, răspunse femeia pe un glas blând. Ai vreun gând anume în minte? întrebă ea de parcă i-ar fi putut simţi gândurile şi sentimentele contradictorii.

— Doar mă întrebam... spuse el după câteva clipe de tăcere.

Nu se simţea deloc în largul lui cu acuitatea ei mentală. Şi în trecut femeia îşi dăduse seama ce gândea el şi nici atunci nu îi plăcuse acel lucru.

Degetele lui neliniştite tot frunzăreau paginile din dosarul lăsat pe o parte a tăbliei biroului său. Detectivul nu îşi găsea cuvintele şi acel lucru îl zăpăcea şi mai mult.

— Ce anume? insistă ea când tăcerea se întinse pentru prea mult timp.

— Dacă ai avea chef să ieşi în seara aceasta, replică el într-un final şi se mustră pentru că se comporta ca un începător care nu mai invitase o femeie undeva vreodată.

— În seara aceasta? râse ea, iar vocea ei arăta că acum ea nu se simţea în largul ei din cauza cuvintelor lui şi că era uimită.

El îi resimţi cuvintele ca pe o palmă peste faţă.

— Da, în seara aceasta, repetă el. Ai alte planuri? Ceva de făcut? întrebă el, îndreptându-se alene spre fereastră, de unde privi spre scuarul din colţ fără să-l şi vadă.

Era hotărât să nu îi pese în nici un fel, indiferent de ce i-ar fi spus ea. Dacă nu dorea să-l vadă, nu era ca și cum se termina lumea. Rămânea exact la fel cum o știa el.

— Nu, nu am, dar parcă ai un caz de rezolvat, Detective, îi replică ea pe un ton jucăuș.

Râsul care-i răsună în voce îl enervă.

— Mereu am câte un caz de rezolvat, replică el ursuz. Și care e problema?

— Ei bine, dacă îmi amintesc bine, și crede-mă că îmi amintesc, ori de câte ori ai un caz, tu îți petreci toată ziua și chiar până târziu în noapte ca să-l rezolvi, i-o întoarse Bryony pe un ton grav, râsul dispărându-i complet din voce. Nu am crezut că ai avea loc pentru altceva în programul tău atât de plin.

Femeia avea dreptate, iar el știa acel lucru. Dar cu toate acestea, McNamara o dorea pe Bryony, chiar dacă nu știa exact ce voia de la ea.

Jinduia după ea cu mult prea multă intensitate pentru a nu fi capabil să găsească o cale să o vadă, chiar dacă avea de lucru. Ar fi făcut orice pentru a o avea alături de el pentru o vreme.

— Ne vom descurca noi, mormăi el, dar râsul ei șocat îl înștiință că i-a auzit cuvintele.

— Cum? întrebă ea.

— Am putea lua cafeaua împreună sau altceva, între două drumuri de-ale mele, continuă el cu încăpățânare. Sau dacă nu ești prea obosită pot trece pe la tine acasă mai târziu seara.

Detectivul era dornic să facă orice numai pentru a ajunge să o vadă.

MIROSURI ŞI UMBRE

— Bine atunci, spuse Bryony după câteva clipe de tăcere. Hai, să începem cu acea cafea. Presupun că ai prefera să ne vedem la o cafenea în zona unde ai cazul, spuse ea pe un ton întrebător.

— Dacă nu te-ar deranja, replică el moale.

— Nu m-ar deranja. Spune-mi numai unde şi când şi voi fi acolo. Cu condiţia ca întâlnirea să fie după ora cinci. Nu pot pleca de la librărie mai devreme.

McNamara nu îi răspunse imediat. Îşi masă şaua nasului cu degetul mare şi cel arătător, gândindu-se care ar fi cel mai bun loc şi cea mai potrivită oră ca să se întâlnească cu ea.

— Ai putea ajunge la Bistroul Cramond în jur de şase?

— În satul Cramond? îl întrebă ea.

— Da, acolo. Ştiu că şi tu conduci, menţionă el cu încăpăţânare.

— Bineînţeles că da. Şi cred că pot fi acolo la şase, spuse ea.

După o scurtă pauză Bryony se interesă:

— Presupun că mă vei aştepta dacă întârziu puţin. Nu ştiu cum va fi traficul la acea oră.

— Desigur că te voi aştepta, răspunse el, iar exasperarea îi răsună în voce. Totuşi, nu sunt chiar într-atât de nepoliticos, se gândi el să menţioneze.

Bryony râse şi i-o întoarse:

— Nu m-am gândit că eşti nepoliticos. Dar ştiu că nu eşti o persoană foarte răbdătoare şi... spuse ea, dar nu îşi mai termină ideea.

— Nu e adevărat, nu sunt aşa, replică el înfierbântat.

Cu toate acestea nu mai continuă pentru că simţi un fior de vină. Era adevărat că era un bărbat nerăbdător. Nu tot timpul, dar în cea mai mare parte a timpului.

— Cum spui tu, replică ea moale. Voi încerca să fiu în faţa bistroului la ora şase, în regulă?

— Vezi să fii, răspunse el pe acelaşi ton ursuz.

Apoi se gândi mai bine şi adăugă:

— Şi desigur că te voi aştepta dacă vei fi în întârziere.

— Ne vedem atunci, râse ea din nou şi deconectă linia.

Inspectorul Şef ascultă tonul de apel câteva clipe, mormăind pe sub barbă, iar apoi închise telefonul.

Nu era foarte mulţumit cu el însuşi. Îşi propusese să fie politicos şi uşor distant când ar fi vorbit cu Bryony, iar în schimb, el fusese nepoliticos, poruncitor şi departe, foarte departe, de a fi fermecător.

Recunoscu faţă de el însuşi că femeia ar fi avut tot dreptul să-i închidă telefonul în nas. Dar nu o făcuse, iar aceasta îl nedumerea. Ştiuse el că femeia aceea era mult mai complexă decât părea la prima vedere. Acum, însă, avea senzaţia că era chiar mult mai mult decât crezuse el.

Scuturându-şi capul, îşi înhăţă haina din cuier şi părăsi biroul. James îl aştepta în biroul comun al detectivilor şi, cu siguranţă, imaginaţia lui o luase deja razna.

McNamara ştia că sergentul nu-i va pune nici un fel de întrebări, dar uneori, ceea ce rămânea nespus agita apele şi mai mult. Scopul lui nu era să le aţâţe curiozitatea subordonaţilor săi, se gândi el, încruntându-se după aceea.

CAPITOLUL 8 – ÎNTÂLNIREA CU BÂRFITOAREA CARTIERULUI

INSPECTORUL ŞEF TRAVERSĂ încăperea diviziei făcându-i un semn cu mâna lui James, iar detectivul sergent îl urmă imediat. După aceea, o porniră amândoi spre parcare.

McNamara deschise uşile de la maşină fără să îi adreseze un singur cuvânt detectivului sergent, ci doar îi indică cu un deget să ia loc în maşină.

Oftatul lui James îl călcă pe nervi pe Inspectorul Şef, care imediat strânse din dinţi. McNamara nu putea înţelege de ce ofiţerul său şovăia atât de mult când era vorba să împartă maşina cu el atunci când el era cel ce se afla la volan.

În fond, nu conducea deloc rău. Nu conducea de parcă ar fi fost adormit, aceasta era adevărat. Marea parte a ofiţerilor săi se târau prin trafic, dar McNamara nu le semăna deloc. Pentru el, traficul era ceva ce trebuia cucerit şi îmblânzit.

Nu comentă asupra oftatului lui James, ci porni mașina și ieși din parcare, alegând cea mai rapidă rută spre satul Cramond.

MCNAMARA OPRI MAȘINA într-una dintre parcările de lângă dig și cu James în urma sa, o porni spre casele care se găseau în apropiere de Esplanadă.

James îi urmă pașii Inspectorului Șef, iar în același timp, își și scosese micul lui carnet din buzunar, pregătindu-se să ia notițe. De asemenea, pregătise și poza cu capul victimei, care, desigur, fusese deja prelucrată în Photoshop. Nu ar fi putut să arate un cap despărțit de trup unei persoane civile.

Cei doi detectivi se opriră în fața primei clădiri. Aceasta avea două nivele și părea să adăpostească cel puțin două apartamente, dacă nu patru. Albul pereților exteriori nu numai că purta urmele timpului, dar și urmele vântului și a umidității din zona respectivă.

James sună la soneria primului apartament, iar când nu veni nici un răspuns din interior, mai sună de două ori. După numai câteva secunde, auziră vocea ascuțită a unei femei care striga din apartament.

— Vin acum, vin acum. Doar ai un pic de răbdare.

Strigătele fură urmate de niște mormăieli, dar cei doi detectivi nu reușiră să priceapă nimic din ceea ce spunea femeia.

Brusc, cineva deschise ușa. O femeie de aproximativ șaizeci de ani îi privi cu ochi mânioși.

MIROSURI ŞI UMBRE

Cei doi detectivi nu avură nevoie de prea multe indicii pentru a înţelege de ce femeia era atât de mânioasă. Era clar că aceasta dormea când ei i-au sunat la uşă.

Părul ei mai că implora să fie pieptănat, iar ea nu-şi încheiase nici măcar nasturii de la rochie aşa cum ar fi trebuit. Pleoapele îi erau umflate, iar urmele lăsate de somn erau încă vizibile pe chipul ei.

— Ne cerem scuze că vă deranjăm, doamnă, spuse McNamara, deşi tonul vocii lui nu indica defel că i-ar fi părut rău. Sunt Inspectorul Şef McNamara iar acesta este DS James. Avem unele întrebări pentru dumneavoastră, dacă nu vă deranjează, continuă el.

Maniera lui arăta, fără nici un fel de dubiu, că femeia mai bine s-ar fi gândit să-i răspundă la întrebări chiar atunci.

— Oh, presupun că este vorba despre femeia pe care aţi găsit-o acolo lângă zănoagă, spuse ea repede.

După aceea, se dădu înapoi pentru a le permite să intre în apartament. Dorea să afle absolut totul despre acel eveniment.

— M-am tot gândit la chestia aceasta pe ziua de azi. Am întrebat şi prin jur, dar nimeni nu a văzut cadavrul şi nu au putut să-mi dea detalii, continuă ea, lăsându-i pe detectivi să-i vadă neplăcerea datorată inabilităţii ei de a dezgropa ceva interesant.

Femeia îşi strânsese buzele, iar o încruntare i se cuibărise între sprâncene.

— Cum a fost ucisă? Este adevărat că a fost violată? A fost mai mult de un ucigaş? întrebă ea pe nerăsuflate, iar James avu senzaţia că i se învârte capul.

McNamara zâmbi subţire şi îi opri torentul de vorbe.

— De ce nu am lua noi loc undeva şi am discuta despre toate acestea?

El nu avea nici cea mai mică intenţie să-i dea vreun detaliu despre crimă, ci era foarte hotărât să o facă pe ea să le spună ceva util.

Femeia îi invită să ia loc într-o cameră de zi prăfuită, aglomerată cu mobilier şi tot felul de obiecte.

McNamara cârmi din nas când simţi mirosul din cameră, dar nu comentă deloc. Dorea doar să-i pună câteva întrebări femeii şi să plece de acolo cât mai curând posibil.

Femeia se oferi să le pregătească detectivilor un ceai sau o cafea, dar McNamara o refuză imediat. Nu intenţiona să petreacă prea mult timp în casa ei. Cel puţin, nu mai mult decât ar fi fost necesar.

— Ne puteţi spune numele dumneavoastră, doamnă? o întrebă James, pregătindu-se să ia notiţe.

— Oh, am uitat să mă prezint, spuse ea, iar apoi îşi pocni palmele de supărare. Eu sunt doamna MacDonald.

— Pot să întreb dacă domnul MacDonald este de asemenea disponibil? îşi continuă James întrebările.

— Ha, spuse ea. Omul nu mai este disponibil de vreo treizeci de ani. A murit pe mare. Era marinar, ca să ştii.

— Oh, îmi pare rău că a decedat, doamnă, spuse James repede, temându-se că a ofensat-o, dar ea se mulţumi doar să îşi fluture mâna pentru a-i îndepărta orice îngrijorare.

— Nu e cazul să te necăjeşti, fecior. Nu a fost el cine ştie ce soţ de la început, aşa că nu a fost o prea mare pierdere până la urmă, spuse ea pe un ton foarte practic, iar McNamara zâmbi fără să vrea.

MIROSURI ŞI UMBRE

El întotdeauna aprecia onestitatea, iar femeia aceea părea să fie dureros de onestă.

— Răposatul meu soţ chiar m-a vindecat de orice gânduri romantice, continuă ea, fără să dea nici o atenţie zâmbetului lui McNamara. Mai bine să trăieşti de capul tău, spun eu. Nu e nimeni să îţi pună întrebări... Nimeni să ia parte la decizii... Căsătoria e o pierdere de timp, crede-mă, că ştiu ce spun, dădu ea din cap viguros, frecându-şi mâinile.

James nu-i răspunse, ci îşi aruncă ochii peste carnetul unde nu notase nimic altceva decât numele ei. Nu ştia ce să spună sau cum să reacţioneze la torentul de cuvinte pe care femeia le îndrepta în direcţia lui.

McNamara însă nu simţi nici o jenă să-şi continue investigaţia. Se aplecă în faţă şi îşi sprijini coatele pe genunchi, fără să îi pese că poziţia sa nu era deloc oficială.

— Deci înţeleg că aţi auzit despre crimă, începu el. Dar aţi văzut ceva azi noapte? o întrebă el.

— Mi s-a spus că femeia a fost ucisă pe la miezul nopţii, spuse ea. Eu eram în pat la ora aceea. Întotdeauna merg la culcare între ora nouă treizeci şi ora zece. Niciodată nu mă abat de la programul meu, îşi scutură ea capul. Dacă aveţi întrebări despre vecinii mei, atunci pot să vă ajut. Ştiu totul despre toţi şi despre absolut tot ce se întâmplă. Eu una nu cred în discreţie, vedeţi voi. Omul trebuie să ştie totul ca să nu aibă nici un fel de surprize neplăcute, continuă ea cu convingere.

— Înţeleg, spuse McNamara pe un ton scăzut. Atunci hai să vedem dacă o recunoaşteţi pe această femeie, continuă el şi îi făcu semn lui James să îi arate poza femeii.

James scoase poza și i-o înmână doamnei MacDonald. Femeia luă poza în grabă, iar aviditatea îi invadă ochii. Privi poza câteva minute, până ce liniștea începu să-l calce pe McNamara pe nervi.

— O recunoașteți, doamnă MacDonald? o întrebă el cu nerăbdare când văzu că ea nu spunea absolut nimic.

— Mă gândesc, replică ea pe o voce posacă. Nu o cunosc, să știi, dar am văzut-o. Încerc să-mi amintesc unde, flăcău, îl împunse ea pe McNamara cu o privire neagră.

Inspectorul Șef mustăci, dar nu spuse nimic. O lăsă să reflecteze la amintirile ei, sperând că își va aminti de ceva până la urmă.

— Acum știu, spuse ea, bătându-se cu un deget peste buze. Era acum o lună... Într-o marți... Cred că era seara, în jur de șase sau șapte. Era pe Esplanadă și vorbea cu vecinul meu, domnul Wilson. El tot dădea din mână... Cred că îi indica o direcție sau cam așa ceva. Am vrut să intervin, să ajut, știți ce vreau să spun, dar ea s-a uitat la mine cu ochii aceia iritanți ai ei... Nu mi-a plăcut de ea, spuse bătrâna femeia și își scutură capul. Am văzut că m-a disprețuit, așa, pe loc, și nu știu de ce, mai spuse ea, iar mânia îi schimbă vocea. Sunt o MacDonald, dar înainte de asta am fost o MacKay, iar familia mea însemna ceva în această zonă în trecut, spuse ea, iar vocea îi tremură de furie.

Femeia era mânioasă, iar McNamara înțelegea de ce. Nu fusese ușor pentru ea să fie concediată astfel. Cu toate acestea, circumstanțele concedierii ei erau interesante. Victima părea să fi fost o femeie cu o minte foarte pătrunzătoare. O citise pe femeia mai în vârstă ca pe o carte deschisă și nu avusese defel încredere în ea.

— Şi atunci a fost singura dată când aţi avut ocazia să o vedeţi, doamnă? interveni James în discuţie când observă că McNamara era dus pe gânduri.

— Cred că am mai văzut-o o dată, dar nu sunt foarte sigură. Eram într-un magazin, la două străzi de aici. Cred că a trecut pe lângă vitrina magazinului, dar nu pot fi foarte sigură că era ea, mi-e teamă, admise ea cu o ridicare din umeri.

McNamara trase concluzia că femeia nu mai avea nici un fel de informaţie să le ofere, aşa că se ridică în picioare. Dar, cum nu îi plăcea să lase nimic la voia întâmplării, îi înmână cartea lui de vizită.

— Dacă vă mai amintiţi ceva, vă rog, nu ezitaţi, telefonaţi-mi.

Femeia luă cartea de vizită, vizibil mulţumită, iar degetele ei osoase mângâiară bucata de carton lucitoare cu uluire. Nici măcar nu mai putea să-şi amintească când a fost ultima oară când a ţinut o carte de vizită în mână.

— Cu siguranţă voi suna, detective, cu siguranţă, spuse ea cu mult zel în voce, iar apoi îi conduse la uşă.

Nu a închis uşa după ei imediat, ci i-a urmărit cu ochii. McNamara îi simţi privirea fixă străpungându-i spatele şi îi dedică câteva cuvinte dulci în gând. Nu le-a spus cu voce tare, dar numai pentru că nu credea că femeii i-ar fi convenit să audă ce avea el de spus.

În fond, se găsea acolo cu afaceri de-ale poliţiei şi nu îşi putea permite să alieneze un martor, indiferent dacă martorul respectiv i-a fost de vreun ajutor sau nu.

CAPITOLUL 9 – MISTERUL LUI LIZ TAYLOR ESTE ÎN SFÂRȘIT ELUCIDAT

JAMES SUNĂ LA SONERIA ușii domnului Wilson, iar apoi așteptă răbdător. Se temea că omul dormea și el, mai ales dacă era la fel de în vârstă ca doamna MacDonald. Presupunerea lui se dovedi a fi însă greșită.

Domnul Wilson, un om în vârstă, într-adevăr, deschise ușa prompt și îi evaluă pe cei doi ofițeri cu ochi reci. Comportamentul său demonstra că bărbatul era departe de-a avea nevoie de un pui de somn. După ce îi analiză rapid, dar cu foarte mare atenție, domnul Wilson ghici că McNamara era cel care era în comandă, așa că i se adresă direct lui:

— Cu ce vă pot ajuta?

— Suntem de la poliție, domnule Wilson, spuse McNamara. Acesta este DS James, iar eu sunt Inspectorul Șef McNamara, continuă el, iar apoi îi prezentă legitimația sa.

— Oameni importanți, din câte văd, spuse bărbatul mai în vârstă și apoi îi invită să intre în casă. Și cu ce ocazie am plăcerea de a vă avea în vizită? întrebă el, în timp ce închidea ușa în spatele lor, pentru ca mai apoi să-i conducă spre camera de zi.

— Presupun că ați auzit de crima care a avut loc noaptea trecută lângă zănoagă, începu James să spună, dar omul îl opri brusc.

— Nu, nu am auzit, își scutură el capul. Nu-mi pierd timpul cu bârfa, încheie el, tăind aerul cu un gest brusc.

McNamara trecu pe lângă el și îl măsură. Se întrebă cum își petrecea omul zilele dacă nu vorbea cu vecinii săi și dacă nu arăta nici un interes în ce se întâmpla în vecinătate.

După ce luă loc pe o canapea din camera de zi mobilată spartan, îi ceru lui James să-i prezinte fotografia bătrânului. Omul luă fotografia cu degete tremurătoare.

Se părea că vârsta nu fusese prea blândă cu el. Părea să-i fie extrem de dificil și numai să țină poza în mână.

— Da, am mai văzut această femeie înainte. Este o femeie pe care nu o poți uita, mai spuse el ridicându-și privirea spre McNamara. Ochii aceia ai ei mi-au amintit de Cleopatra, spuse el pe un ton nostalgic.

Uluit, James se minună cum de ar fi fost posibil așa ceva. Atunci când se gândea el la Cleopatra, îi apărea în minte imaginea unei femei cu părul negru și cu ochii negri, iar acea descriere nu se potrivea cu victima defel.

— Cleopatra? întrebă McNamara cu nedumerire.

— Nu adevărata Cleopatra, replică bătrânul cu nerăbdare, gesticulând larg cu mâinile sale tremurătoare. Eu vorbeam de Cleopatra întruchipată de Liz Taylor.

MIROSURI ŞI UMBRE

McNamara îşi dădu seama că era a doua oară când auzea acel nume şi se decise să-l verifice. Îi displăcea profund când oamenii vorbeau despre lucruri de care el nu auzise niciodată.

— În ce fel? întrebă el.

— Ochii ei, indică bătrânul, arătând spre poză. Sunt aceeaşi ochi de un violet perfect, explică el. Ochii lui Liz puteau face un bărbat să uite absolut totul. Am un album pentru voi dacă vreţi să-l vedeţi, spuse el cu entuziasm.

Fără să mai aştepte aprobarea lor, se ridică, împingând în mânerele fotoliului lui cu toată puterea, iar apoi se îndreptă spre secreterul ascuns într-unul din colţurile camerei.

Deschise un sertar şi scoase un album gros dinăuntrul său. Degetele lui tremurătoare mângâiară coperta învechită a albumului cu grijă, iar apoi se întoarse la detectivi.

— Uite aici, spuse el, împingând albumul spre ei. Să aveţi grijă, continuă el pe un ton sever. Este vechi şi fragil, iar eu îl vreau înapoi în aceeaşi stare, se asigură domnul Wilson să menţioneze pe o voce poruncitoare, care contrasta pe deplin cu fragilitatea trupului său.

Bărbatul nu se aşeză înapoi pe fotoliu, ci rămase lângă detectivi, pregătit să le smulgă albumul din mâini dacă ar fi considerat necesar.

McNamara îşi ascunse un zâmbet şi deschise albumul. Fiecare pagină era acoperită cu poze sau articole tăiate din reviste. Ochii violeţi îl împungeau din fiecare poză.

Răsfoi paginile albumului cu grijă şi, după ce cercetă pozele mai atent, trebui şi el să admită că într-adevăr culoarea ochilor actriţei era identică cu culoarea ochilor victimei lor.

Pentru o clipă, Bryony îi apăru în minte, iar el îşi făcu o notă mentală să o întrebe dacă ar fi vrut să vadă unul dintre filmele lui Liz Taylor cu el. Apoi, îşi scutură capul, uluit să îşi dea seama că se gândea la ea atunci când se găsea în toiul unei investigaţii, şi închise albumul cu mai multă forţă decât i-ar fi plăcut domnului Wilson.

Încruntarea bătrânului prezicea tunete şi fulgere. Într-adevăr, acesta smulse albumul din mâinile lui McNamara şi pur şi simplu mârâi.

— Ai grijă, tinere. Întreaga mea tinereţe şi toată viaţa mea de adult se regăseşte în acest album.

McNamara îşi înghiţi cuvintele aspre ce îi veniseră pe vârful limbii. Îi ştia pe oamenii în vârstă şi amintirile lor foarte bine. Pentru o clipă, chiar se întrebă de ce se va ataşa el la bătrâneţe.

Detectivul decise să nu răspundă la ultragiul bătrânului şi îl întrebă:

— Deci, unde ai văzut-o pe această tânără femeie, domnule Wilson?

Cu o încruntătură bine înfiptă pe chip, bătrânul nu se grăbi deloc să-i răspundă, ba se duse să pună albumul la locul lui mai întâi. Apoi îşi târşâi picioarele înapoi spre fotoliu. Nu se obosi să spună nimic până ce nu s-a aşezat din nou cu grijă în fotoliu şi nu şi-a odihnit braţele pe cotierele decolorate.

— Probabil acum o lună, curmă el tăcerea până la urmă, iar vocea lui trăda ceva similar nostalgiei.

Nu ar fi fost dificil de crezut că ochii aceia violeţi îl făcuseră pe domnul Wilson să se îndrăgostească.

MIROSURI ȘI UMBRE

— Cred că poți să ne dai un răspuns mai precis decât atât, domnule Wilson, i-o întoarse McNamara. Sunt sigur că-ți amintești cu exactitate când și unde ai văzut-o, continuă el, iar o roșeață ușoară acoperi pielea ridată a bătrânului.

Pentru o clipă, detectivii chiar se așteptară la o replică dură din partea interlocutorului lor. În ciuda faptului că se înroșise, ochii domnului Wilson îi fulgerară. Se vedea că-i displăcuse profund presupunerea îndrăzneață a lui McNamara.

Urmau însă să fie dezamăgiți. Cu toate că tot se încrunta, bătrânul răspunse la întrebarea detectivului fără să mai ocolească subiectul. Cel puțin, tonul vocii lui nu i-a dezamăgit. Gheața din el amintea de o dimineață de iarnă friguroasă.

— Da, la naiba, știu exact când. Nu e ca și cum viața mi-e plină de evenimente, nu-i așa? Evident că ceva de genul acesta îmi va rămâne în minte pentru mult timp... Era exact acum o lună și o săptămână, dacă luăm în considerare și ziua de azi. Mă plimbam pe Esplanadă... Eu mereu mă plimb în timpul dimineții, iar ea era acolo... Frumoasă ca un trandafir însorit, spuse el pe un ton mai blând, iar ochii lui părură să privească în zare, ca și cum și-ar fi amintit ceva plăcut.

— Înțeleg, îi întrerupse McNamara amintirile. Sunteți sigur? îl întrebă el din nou. Noi am auzit că ați întâlnit-o acum o lună, într-o marți, în jurul orei șase seara, repetă el cele auzite de la doamna MacDonald.

— Văd că greșelile mele din tinerețe tot nu au fost uitate, replică omul ironic, iar brusc păru să stea mai drept.

Atât McNamara cât și James îl priviră cu nedumerire pentru o clipă. Nici unul dintre ei nu înțelegea despre ce vorbea domnul Wilson.

— Îmi cer scuze, dar ce vreți să spuneți? se interesă James.

81

— Văd că tot mă mai țineți sub supraveghere, chiar și acum, explică domnul Wilson cu gesturile sale largi caracteristice.

— Mi-e teamă că într-adevăr nici unul dintre noi nu are nici cea mai mică idee despre ce vorbiți, domnule, se decise McNamara să intervină.

— Nu mă lua de fraier, Detective, replică bătrânul cu furie. Este clar că poliția încă mă mai ține sub supraveghere, chiar și acum după mai bine de patruzeci de ani, spuse el pe un ton ridicat, iar la finalul tiradei sale începu să tușească.

— Sunt sigur că ar fi fascinant să auzim ce ați făcut acum patruzeci de ani, replică McNamara cu o urmă de sarcasm în voce, dar din păcate nu avem timp pentru așa ceva chiar acum. Căutăm un criminal, sublinie el, iar noi...

— Ha, îl întrerupse bătrânul brusc. Atunci cum de ați știut că m-am întâlnit cu femeia într-o marți acum o lună? Doar dacă sunt în continuare sub supraveghere...

— Opriți-vă aici, îi ceru McNamara autoritar, ridicându-și mâna. Nu e necesar să intrăm în toată povestea aceasta. Este suficient să vă spunem că unul dintre vecinii dumneavoastră ne-a oferit informația aceea. Nu vă aflați sub nici un fel de supraveghere, domnule Wilson, specifică el cu mai multă hotărâre, pentru ca mai apoi să mormăie pe sub barbă, *Deși sunt convins că ți-ar plăcea să fii.*

Domnul Wilson se aplecă în față, iar gura sa formă un *O* perfect. Din momentul își care pierduse avântul, omul avea alura unei păsări rănite. Lui McNamara îi păru rău că era necesar să îi nimicească fanteziile bătrânului, dar nu avea timpul necesar să îi cânte în strună.

MIROSURI ȘI UMBRE

— Înțeleg, spuse domnul Wilson. Probabil că ați vorbit cu femeia aceea. Cred că se numește MacDonald, continuă el gânditor. Ei bine, nu a greșit, dar nici nu a avut dreptate în totalitate, le spuse el ridicând din umeri.

— Ce vreți să spuneți? interveni James.

— Este foarte simplu, tinere. Am întâlnit femeia acum o lună și o săptămână pentru prima dată, în timpul dimineții, iar apoi am întâlnit-o a doua oară, atunci, marțea, în timpul serii, explică el cu o ridicare nonșalantă din umeri.

Luminile jucăușe din ochii lui demonstrau că era fericit că-i putea dejuca alegațiile vecinei sale băgărețe.

McNamara își putea imagina cu ușurință cam cum fusese domnul Wilson în copilărie. Cu siguranță, îi plăcuse să joace diverse farse, atât copiilor, cât și adulților. Nu era de mirare că omul făcuse ceva cu patruzeci de ani în urmă, astfel ajungând sub supravegherea poliției.

— În regulă, aprobă Inspectorul Șef. Despre ce ați discutat când v-ați întâlnit prima dată?

Bătrânul iar ridică din umeri, iar apoi, după ce gesticulă larg cu mâna, spuse:

— Nimic important. Voia numai să știe dacă era cineva în zonă care dorea să subînchirieze o casă sau un apartament.

Nimic important, într-adevăr, reflectă McNamara și simți impulsul de a-l zgudui pe om ca să-l aducă înapoi la realitate.

— Și ce informație i-ați dat, domnule? întrebă el reținându-se de la a face ceva neplăcut.

Domnul Wilson păru uimit că doreau să afle așa ceva, dar răspunse:

— Am trimis-o la băcănie, aici în cartier. Eram sigur că văzusem o notă cu o ofertă pentru subînchirierea unei case. Mă uitam să văd dacă era vreun anunț pentru reviste de cinema vechi. Colecționez astfel de reviste pentru că întotdeauna există o șansă de a o vedea pe Liz în paginile lor, le explică el sfătos.

James își scutură capul aproape imperceptibil și decise că era momentul să-și pună deoparte carnetul și pixul. Nu credea că domnul Wilson le va mai da vreo informație validă.

Cu toate acestea, McNamara nu își încheiase încă interviul. Îi semnaliză lui James să stea acolo unde se găsea, iar apoi se întoarse spre martorul lor:

— Iar a doua oară, în marțea aceea? Ce te-a întrebat? Înțeleg că tot îi arătai diverse direcții, arătând cu degetul încolo și încoace.

— Oh, da, dorea să ajungă la o cafea anumită, dar nu avea direcțiile corecte. Ciudat, totuși, avea unul din telefoanele acelea în mână. Din câte am văzut, oamenii le folosesc pentru a obține direcții, dar ea nu dorea să-l folosească, se minuna bătrânul, ca și cum abia atunci i se păruse că gestul ei era straniu. Oricum, i-am spus pe unde să o ia și a plecat... Mi-ar fi plăcut să mai vorbesc cu ea... Chiar m-am oferit să îi arăt drumul spre cafenea... Dar cu toate acestea, a spus că era grăbită și că o va găsi ea singură cu siguranță.

— Iar atunci a fost ultima oară când ai vorbit cu ea? întrebă McNamara.

— Da, ultima oară. Am mai văzut-o de două ori după aceea, însă, spuse domnul Wilson și se lăsă pe spate în fotoliu cu gesturi măsurate.

— Unde? îl întrebă McNamara printre dinții strânși.

MIROSURI ȘI UMBRE

Simțea că a discuta cu acel om era ca și cum ar fi încercat să-i scoată cuvintele cu cleștele din gură.

— O dată am văzut-o la băcănie. Cumpărase niște mâncăruri dintre acelea care se fac instant, se strâmbă el ca și cum a cumpăra așa ceva ar fi fost un păcat capital. Mâncarea aceea nu e pentru o femeie tânără ca ea, spuse el. Mâncarea instant e pentru bărbați ca mine care nu au pe nimeni acasă la care să se întoarcă, sublinie el. Iar a doua oară, am văzut-o conducând mașina. Ea nu m-a văzut și a intrat într-unul din garajele acelea subterane pe care le au casele acelea de sunt lipite una de alta.

— Vă amintiți care garaj? îl întrebă James.

— Desigur că da, tinere, replică el pe o voce certăreață. Oi fi eu bătrân, dar mintea mi-e încă ascuțită ca un brici.

— Și ați avea ceva împotrivă să ne spuneți și nouă în care garaj? întrebă McNamara pe un ton dulce.

Aparent, tonul său fusese mult prea dulce, pentru că atât James cât și domnul Wilson se întoarseră spre el cu expresii care trădau neîncrederea totală.

Totuși, după câteva secunde, domnul Wilson le-a indicat ce garaj ar fi trebuit să-l verifice. Imediat după aceea, detectivii au înțeles că nu mai aveau nimic altceva de descoperit de la bătrân, așa că și-au luat la revedere de la el și au plecat.

Ușa domului Wilson se închise în spatele lor cu mai multă forță decât era necesar, iar McNamara zâmbi.

CAPITOLUL 10 - IDENTITATE ŞI CASETE DE SUPRAVEGHERE

— OMUL ĂLA ESTE CU TOTUL ieşit din comun, mormăi McNamara pentru sine însuşi, dar James îl auzi şi urma unui zâmbet îi apăru în colţul gurii.

James putea să-şi imagineze că atitudinea domnului Wilson îi cam întinsese răbdarea lui McNamara la limită, dar acela nu era un lucru nou. Deşi meseria îl obliga să aibă de a face cu tot felul de oameni în fiecare zi, Inspectorul Şef nu era un bărbat care să guste astfel de interacţiuni, iar de aceea, răbdarea lui era deseori pusă la încercare.

— Hai să mergem la parcarea aceea să vedem dacă au vreo idee cine este femeia aceasta. Poate ne pot spune ei unde locuia... Ştii ce, poate că şi monitorizează garajul subteran şi au şi casete de supraveghere care ne-ar putea ajuta, spuse McNamara şi îşi lungi pasul.

James îl urmă cu uşurinţă. Ştia el care erau reacţiile şefului său atunci când acesta găsea în sfârşit un fir de urmat.

Când ajunseră la garaj, și-au dat seama că, din păcate nu se găsea nimeni acolo care să se îngrijească de el. Destul de curând, au aflat și explicația pentru acel lucru.

Se părea că oamenii trebuiau să prezinte un card magnetic la punctul de intrare pentru a putea pătrunde în interior. Altfel, ușa automată imensă nu se deschidea.

Detectivii urmară semnele ce conduceau spre biroul administrativ, iar acolo, găsiră o femeie de vreo treizeci de ani ocupată cu niște registre.

James se minună că mai era posibil să se mai lucreze cu registre în era computerelor, dar își ținu gura închisă. Pe McNamara nu îl interesau chestiunile lipsite de relevanță. Dacă Jo ar fi fost acolo, James ar fi spus ceva. Ei i-ar fi plăcut observația lui.

— Pot să vă ajut, domnilor? întrebă femeia, punând registrul deoparte.

— Suntem de la poliție, doamnă, spuse McNamara și îi arătă documentul său de identificare. Acesta este DS James, iar eu sunt Inspectorul Șef McNamara.

— Numele meu este Lydia Abernathy. Eu mă ocup de casele din această zonă, le spuse ea, conducându-i spre o parte a încăperii, care era mobilată cu o canapea și fotolii.

Detectivii luară loc pe sofaua pregătită pentru prospectivii vizitatori. Femeia nu îi urmă imediat, ci se duse să aducă o carafă cu cafea și cești, pe care le puse, mai apoi, pe masă în fața detectivilor. Tânăra turnă cafeaua și îi invită să se servească cu zahăr și lapte.

Bărbații îi urmăreau fiecare mișcare. Lydia Abernathy era o femeie înaltă, cu rotunjimi în anumite părți ale trupului. Dar cu toate acestea, ceea ce le atrase atenția era pasul ei impresionant și părul de culoarea focului care îi cădea pe umeri într-o masă de bucle fără o formă clară. Femeia părea să plutească efectiv, ca și cum s-ar fi aflat pe podium, prezentând moda.

Cei doi bărbați nu știau unde să se uite mai întâi. Fusta ei de birou i se oprea la jumătatea coapsei, punându-i în evidență picioarele lungi și rotunde. De fapt, fusta aceea lăsa foarte puțin pe seama imaginației.

Soarele de după-amiază îi lumina buclele roșcate și forma un halou în jurul capului ei. Impulsul de a-i privi trupul de sus până jos era puternic, dar nici unul dintre ei nu credea că femeii i-ar fi surâs să vadă așa ceva.

McNamara admira ceea ce vedea, dar cu toate acestea știa că aceea era o femeie pe care era bine numai să o privești, dar nu și să o inviți undeva. Tot ce purta arăta perfect și ales cu foarte multă grijă. Femeia îl ducea cu gândul la un exponat de muzeu, de genul la care te poți uita, dar nu ai voie să-l și atingi.

Când în sfârșit femeia se așeză cu o ceașcă în mână, James oftă ușor, dar urechile lui McNamara îi surprinseră oftatul. Inspectorul zâmbi satisfăcut. Cel puțin, el, unul, avusese tăria să nu lase pe nimeni să înțeleagă ce îi trecea prin minte.

După doar o clipă, DS James își dădu seama că a oftat prea curând. Când Lydia Abernathy s-a așezat și și-a pus picior peste picior, fusta i s-a ridicat pe coapse și i-a expus și mai mult picioarele rotunde. Sergentul nu-și putea lua ochii de la pielea expusă, oricât de mult ar fi încercat.

Din fericire, femeia nu remarcă pe ce se concentrau ochii lui sau poate că nici nu îi păsa defel. *Probabil că i se întâmplă așa ceva tot timpul*, reflectă James.

Dar McNamara observă. El văzuse unde se fixaseră ochii lui James și, de asemenea, remarcă și că Detectivul Sergent nu părea să fie capabil să pună nici un fel de întrebări prea curând.

Inspectorul Șef se încruntă la subordonatul său, dar James nici măcar nu-l observă. Uitase de McNamara, de slujba sa și, aparent, chiar și de micuța blondă, Claire McKay, pe care tot încerca să o cucerească de ceva vreme.

Acum veni rândul lui McNamara să ofteze, chiar dacă doar în gând.

— Deci, doamnă Abernathy, după cum am spus deja, am venit la dumneavostră cu o problemă privind unul din cazurile noastre. Avem o victimă care se pare că a subînchiriat o casă aici, pe domeniul dumneavoastră, își începu el interviul pe un ton plăcut. Încercăm să identificăm victima și credem că ne-ați putea ajuta să facem această identificare, continuă el, iar mai apoi, se apleacă în față și, absent, luă una dintre ceaștile de cafea și sorbi puțin din ea.

Inspectorul aprecie că lichidul fierbinte era destul de puternic ca să-l ajute cu ce mai rămăsese din ziua lui de muncă.

— Dacă victima dumneavoastră a subînchiriat casa, s-ar putea să nu fiu în stare să vă ajut, replică ea pe un ton apologetic. Nu toată lumea ne spune când își subînchiriază casa, le explică ea. În momentul de față, eu știu doar de două subînchirieri. Victima dumneavoastră avea mașină?

— Da, într-adevăr, îi răspunse McNamara.

— Acest lucru ne-ar putea ajuta. Avem garajul subteran sub supraveghere video. Am avut unele probleme cu câțiva ani în urmă, iar compania a decis să monitorizeze toate mașinile care intră și ies din garaj, le explică ea.

— Avem o fotografie, dacă v-ați putea uita la ea. Poate, cine știe, ați văzut victima, spuse Inspectorul Șef și privi cu subînțeles la James.

În sfârșit, James își dădu seama că atitudinea sa chiar depășise limitele bunei cuviințe. Imediat sări de pe sofa și scoase poza din buzunarul jachetei sale pentru a i-o arăta doamnei Abernathy.

Femeia întinse mâna și două degete manicurate smulseră poza din mâna lui. Sprâncenele lui James îi săriră sus pe frunte imediat. Nu se așteptase la acel gest din partea femeii.

Femeia se uită la poză și dădu din cap.

— Da, ea este una dintre cele două persoane pe care le-am menționat, spuse ea și își ridică privirea spre McNamara. Ea avea mașină, iar bărbatul de la care închiriase casa nu avea. Așa că avea nevoie de o cartelă pentru a intra în garajul subteran și de aceea, m-am întâlnit cu ea. Altfel, nu cred că domnul Martin mi-ar fi spus că și-a subînchiriat casa pe timpul verii și al toamnei, recunoscu ea.

— Deci știți unde a locuit, trase McNamara concluzia.

— Da, desigur, replică ea. Presupun că veți dori să vedeți și casa, continuă ea, iar apoi se ridică în picioare.

Detectivii îi urmară exemplul imediat. Doamna Abernathy se duse la biroul ei și deschise un sertar.

— Aceasta este o cheie master, spuse ea, arătându-le un șperaclu. Vă pot deschide să intrați în casă, adăugă ea și o porni spre ușă.

— Vom avea nevoie de timp înăuntru, doamnă Abernathy, specifică McNamara. Trebuie să trecem prin toată casa și, din nefericire, fără dumneavoastră, se gândi el să adauge. Și, de asemenea, am dori şi casetele video de la garajul subteran, îşi aminti el să-i spună. Aveţi nevoie de mandat de căutare pentru casă şi pentru casete? se interesă el.

— Nu văd de ce aş avea nevoie, ridică ea din umeri. Nu locuieşte nimeni acolo, dacă femeia a decedat, iar în casetele video nu există nimic care ar putea să incrimineze compania. Puteţi să cercetaţi casa şi să luaţi şi casetele video, cu binecuvântarea mea, le arătă ea zâmbetul ei profesional.

— Aceasta este perfect, spuse McNamara. Putem câştiga o întreagă zi de muncă dacă nu trebuie să aşteptăm pentru mandat mâine. Voi trimite o poliţistă după casetele acelea, îi spuse el doamnei Abernathy.

CAPITOLUL 11 –
O CERCETARE
CU SURPRIZE
ȘOCANTE

MCNAMARA ȘI JAMES AȘTEPTAU în fața casei unde victima trăise de-a lungul ultimei luni și jumătate, dacă puteau să dea crezare cuvintelor doamnei Abernathy. Adevărul era că nu aveau nici un motiv să se îndoiască de cuvântul ei, dar erau nerăbdători să intre înăuntru.

Deja chemaseră echipa criminalistică și se presupunea că vor ajunge acolo în orice clipă. Drumul până acolo nu trebuia să le ia mai mult de cincisprezece minute, chiar dacă traficul era aglomerat.

Cu un apel telefonic, o trimiseseră pe Jo să ia casetele de la doamna Abernathy. I se spusese să petreacă dimineața următoare privindu-le împreună cu Mike. Doreau să vadă ce făcuse victima în ultimele zile de viață și sperau ca acele casete să arunce ceva lumină asupra investigației lor.

McNamara le-ar fi cerut să înceapă să privească casetele imediat, chiar dacă era deja destul de târziu în după-amiaza aceea, iar cei doi inspectori își începuseră munca la aproximativ 9:30 de dimineață. Dar, din păcate, avea nevoie de Jo și Mike acolo, să se ocupe de percheziția casei, în acea după-masă.

Detectivii trebuiau să cerceteze casa cu grijă, iar el avea o întâlnire cu Bryony curând. Nu putea rămâne cu ei până ce echipa ar fi terminat de verificat toată casa, iar dacă erau prezenți mai mulți ochi la fața locului, atunci exista o șansă mai bună ca să se descopere adevărul.

McNamara aruncă o privire la ceasul de la mână cu nerăbdare. Avea mai puțin de o oră până când ar fi trebuit să ajungă la bistroul unde o invitase pe Bryony și spera să fie acolo la timp.

În același timp, voia și să fie prezent la casa victimei atunci când polițiștii intrau înăuntru. Era necesar să-și formeze propriile lui impresii despre victimă. Detectivii lui erau buni, știa acest lucru, dar nimic nu putea înlocui proprii săi ochi și concluziile sale personale.

Acum cam regreta că se grăbise și fixase o întâlnire cu Bryony pentru acea după-masă. Dacă ar fi știut dinainte că va da peste casa victimei, ar fi invitat-o pe tânăra femeie în oraș abia în ziua următoare.

McNamara începu să patruleze în fața casei, iar o încruntătură adâncă i se formă între sprâncene. Cu gesturi absente, îndepărtă o albină ce-l cerceta curioasă, iar apoi continuă să pășească adâncit în propriile sale gânduri.

James observă că șeful său era dus pe gânduri și consideră că era mai bine să-l lase în pace. Așa că găsi umbra unicului copac din fața clădirii și se decise să profite de aceasta. Ochii sergentului măturară strada. Tăcerea din jur i se părea nefirească. Acesta s-ar fi aşteptat să vadă copii jucându-se pe stradă la acea oră.

Sunetul mai multor maşini venind în sus pe drum le distrase atenţia la amândoi. Uşurarea lui McNamara la vederea lor era aproape tangibilă.

James simţi cum presiunea mânioasă a şefului său, care se amplificase din ce în ce mai mult cu fiecare minut care trecea în timp ce ei doi aşteptau, se disipa. Nu-i plăcuse niciodată când Inspectorul Şef era într-una din toanele lui.

Steven Gilchrist, care fusese numit la conducerea echipei criminaliste, ieşi primul din maşină. Părul său roşcat arse ca o flacără în lumina soarelui, iar McNamara, jucându-se cu cheile pe care le avea în buzunarul său de la haină, surâse cu ironie.

Figura masivă a lui Gilchrist făcea să fie imposibil ca bărbatul să se mişte cu un oarecare grad de eleganţă. Nici nu ieşise bine din maşină, că acesta îşi şi aprinse una dintre ţigaretele lui care erau nelipsite în astfel de situaţii.

Ducând o trusă neagră în mână, Lisa, una dintre membrii echipei criminaliste a lui Steven, ieşi din maşină imediat după el, iar după aceea, tehniciana se mută cu grijă dincolo de zona unde ajungea fumul de la ţigara lui.

Gestul ei i se păru ieşit din comun lui McNamara. Avusese de multe ori ocazia să o vadă stând chiar alături de Steven când acesta se răsfăţa cu una dintre ţigaretele lui urât mirositoare. Inspectorului nu i se păruse ca tehnicienei i-ar fi păsat vreodată de consecinţele fumatului secundar sau de mirosul oribil pe care îl emanau ţigaretele lui Steven.

Cu toate aceste, trebui să admită că femeia se mişcase cu atât de multă subtilitate, încât lui Steven nici măcar nu înregistră sau nu-i păsă că aceasta s-a tras la o oarecare distanţă de el, iar McNamara nu mai văzuse aşa ceva înainte.

Steven nu era deloc cunoscut pentru manierele sale. Dacă ceva îl deranja, atunci el îşi exprima imediat neplăcerea cât mai vocal, indiferent de cine ar fi fost persoana care l-a călcat pe nervi sau care a îndrăznit să nu îi arate suficient de multă deferenţă.

Lisa, la fel ca şi Tom, Joe, Georgie şi Ned, lucrase cu Steven de mai bine de zece ani, aşa că nu era de mirare că frumoasa brunetă ştia exact cum să se mişte pentru a nu-l călca pe bătături pe Steven.

James îi citi gândurile lui McNamara cu acurateţe şi se apropie de el. Îi şopti în aşa fel încât numai el să-l audă:

— Zvonurile spun că în sfârşit a reuşit să rămână însărcinată, boss. După atâţia ani de dezamăgiri, nu riscă ea să inhaleze fumul lui Steven.

McNamara dădu din cap pentru a-i da de înţeles că a priceput. Inspectorului Şef îi plăcea să ştie de ce se petreceau anumite lucruri, iar James avea mereu grijă să îl ţină la curent cu tot ceea ce se întâmpla. Acela era unul dintre motivele pentru care inspectorul şef lucra întotdeauna în echipă cu el. Nu era ca şi cum *Echipa Majoră de Investigare* nu ar fi avut şi alţi detectivi buni.

— Deci ai găsit-o, flăcău, se apropie Steven de McNamara şi îl plesni peste umăr.

McNamara nu era cu mult mai tânăr decât el, dar expertul criminalist mereu îl tratase astfel, ca şi cum diferenţa de vârstă dintre ei ar fi fost imensă.

MIROSURI ŞI UMBRE

Inspectorul Şef nu era prea încântat de familiaritatea lui Steven. Lui îi plăcea să păstreze o anumită distanţă faţă de oameni şi nu din cauza gradului său. Pur şi simplu, aşa era el. Prefera să-i privească pe oameni de la o anumită distanţă şi nu încuraja defel prieteniile cu cei din jur.

— Ei bine, am avut un pic de noroc, răspunse el cu nonşalanţă.

Îşi aruncă ochii la ceasul de la mână şi observă că mai avea încă o jumătate de oră disponibilă pentru percheziţie înainte de ora la care ar fi trebuit să plece pentru a se întâlni cu Bryony. Cu o mişcare a capului bruscă, conduse întreaga echipă spre uşă.

Deschise uşa cu şperaclul pe care îl primise de la doamna Abernathy mai devreme. Au intrat înăuntru cu grijă, oprindu-se la capătul holului de la intrare.

Planul parterului fusese creat în concept deschis. McNamara putea vedea dincolo de camera de zi înspre bucătărie şi avea şi o bună vedere asupra biroului care se găsea în stânga camerei de zi.

Totul părea la locul lui. Nu exista nici un semn că cineva ar fi făcut cercetări prin casă sau că ar fi avut loc vreo luptă.

Dacă femeia ar fi fost adormită cu cloroform acolo, în casă, ea ar fi trebuit să opună ceva rezistenţă, chiar dacă numai pentru un minut sau două, dar nu exista nici un semn că aşa ceva s-ar fi întâmplat.

Toţi îşi acoperiră încălţămintea cu plastic, iar Steven îşi trimise oamenii să verifice fiecare încăpere a casei. McNamara îşi puse o pereche de mănuşi şi se îndreptă spre birou.

Suprafaţa mesei era lipsită de orice fel de obiecte. Nu exista nici un computer sau vreo tabletă la vedere. Încercă să deschidă primul sertar al mesei şi îşi dădu seama că era încuiat.

— Steven, am aici o broască pentru tine. Vino să o deschizi, îl strigă el pe expertul criminalist, iar apoi se aşeză pe scaunul care se găsea în spatele biroului ca să-l aştepte.

Steven intră în birou cu paşi apăsaţi. Era de parcă un elefant ar fi pătruns în încăpere, iar McNamara încercă din greu să nu surâdă.

Expertul criminalist pudră mai întâi suprafaţa broaştei şi ridică amprentele care se găseau acolo. Numai după ce a terminat cu ridicarea amprentelor, atacă broasca şi o descuie, deschizând sertarul după aceea.

McNamara observă imediat schimbarea din expresia lui Steven şi se ridică pentru a se apleca el însuşi deasupra sertarului. Nu îşi putu crede ochilor. Pe fundul biroului erau alininate pe coloane ca nişte soldăţei, un pistol, un cuţit cu o lamă zimţată, trei tipuri de pumnale, o garotă şi un nunchucku. Arsenalul improbabil ridica o mulţime de întrebări.

— Mai bine am descuia şi restul sertarelor, detectivul spuse pe un ton liniştit, iar Steven îl aprobă cu o aplecare a capului scurtă.

Nu îi trebui mult timp bărbatului masiv să descuie restul sertarelor şi, cu un gest exagerat de larg, îl invită pe Inspectorul Şef să verifice el însuşi conţinutul acestora.

Al doilea sertar de jos în sus conţinea doar un iPad, care, evident, era protejat de o parolă. Cu un oftat, Steven îl plasă într-o pungă specială pentru dovezi, pe care o sigilă.

— Niciodată nimic nu este simplu, spuse el, scuturându-şi capul. De ce nu au bunul simţ să ne lase parola scrisă frumos pe o bucată de hârtie pe masă? Dumnezeu ştie cât de mult timp o să le ia băieţilor de la tehnic să descopere nenorocita aia de parolă.

MIROSURI ȘI UMBRE

McNamara nu își imagină că Steven aștepta vreun răspuns de la el, așa că el nu se obosi să îi dea vreunul. Inspectorul trase al treilea sertar, care adăpostea două rânduri de bloc notesuri mici. Îl luă pe unul dintre primele de deasupra și îl deschise. Pe prima pagină se găseau doar trei rânduri scrise:

N. C. – 42 – Cramond
Metoda dorită – accident – pe 1 octombrie
65 mii (cheltuielile incluse)
Sună cam ca o lovitură, dar s-ar putea să mă înșel, se gândi el.

Când dădu pagina, descoperi o hartă a satului Cramond desenată de mână. Un X de rău augur fusese trasat chiar lângă șirul de clădiri de lângă *Bistroul Cramond*. Următoarea pagină arăta o schemă detaliată a zonei din apropierea Bistroului, cu note privind traficul și orele de funcționare a magazinelor din jur.

— James, îl strigă McNamara pe D.S., vreau să verifici aceste bloc notesuri. În seara aceasta dacă este posibil, iar apoi să-mi pregătești un raport pentru dimineață.

James se apropie cu o aplecare a capului afirmativă, iar apoi plasă bloc notesul într-o pungă pentru evidență. Ceru ca punga să fie fotografiată mai întâi, iar apoi o puse în buzunarul de la haină.

Ochii lui îl urmăreau pe McNamara cu atenție. Inspectorul Șef luă al doilea carnet și îl deschise. Pe prima pagină se putea vedea scris:

S.T. – 27
Metoda dorită – răpire – garotă
80 mii (cheltuielile incluse)
Terminat

Al treilea carnet cimentă ideea iniţială a inspectorului. Acele carnete descriau lovituri. Brusc, se părea că victima lor era mai curând o ucigaşă plătită decât o victimă fără nici un fel de putere.

Fără expresie, McNamara îi făcu semn lui Steven să pună toate bloc notesurile într-o pungă pentru probe şi aşteptă până ce el le aranjă într-un din pungile lui mereu prezente pentru colectarea evidenţei. Abia apoi, trase de ultimul sertar, iar ochii i se lărgiră.

— Potul cel mare, şopti el, iar atât James cât şi Steven se apropiară şi mai mult când îi observară reacţia.

Chiar acolo, în faţa ochilor lor, peste câteva documente, erau aşezate patru paşapoarte, unul peste altul. Un al cincilea paşaport era pus singur mai la o parte.

McNamara luă în mână unul dintre cele patru paşapoarte, iar un carnet de conducere căzu dintre paginile sale. Numele de pe paşaport şi de pe carnetul de conducere era acelaşi - Lucinda Danvers, în vârstă de 36 de ani, provenind din Sussex.

Inspectorul Şef îl plasă în punga pe care Steven o ţinea deja deschisă pentru el, iar apoi îl luă pe cel de-al doilea. Ochii violeţi ai femeii îl studiau cu seriozitate de pe pagina din paşaport. Dedesubt, era notat că se numea Amanda McCormick şi provenea din Edinburg. Al treilea paşaport o asocia pe aceeaşi femeie cu numele de Elisabeth Burnaby, care provenea din Sidney, Australia, iar al patrulea arăta numele de Alice Markham, care venea din Hamilton, Canada.

MIROSURI ŞI UMBRE

După ce a plasat fiecare paşaport în punga întinsă de expertul criminalist, detectivul luă paşaportul singuratic. Evident, un carnet de conducere era ascuns între foile acestuia ca şi la celelalte. Acesta o arăta pe Joanna Livingston care avea domiciliul în Londra, Marea Britanie.

— Cred că acesta este numele ei real, le arătă McNamara carnetul de conducere. Am aşa un presentiment, le explică el. Oricum, cred că de aceea a şi fost plasat mai la o parte de celelalte.

Nu observă când ceilalţi doi bărbaţi îl aprobară dând din cap, pentru că deja luase documentele care se găseau pe fundul sertarului, iar acum le citea cu foarte mare atenţie.

Primul document arăta că Alice Markham închiriase un Volvo XC90 SUV cu o lună şi jumătate în urmă. Al doilea document stipula că a plătit chiria pentru casă în întregime pentru următoarele şase luni.

— James, du-te la garaj împreună cu doi dintre tehnicienii criminalişti şi sechestrează maşina aceea. Ai grijă să fie cercetată cu atenţie. Deja avem permisiunea doamnei Abernathy să investigăm garajul, aşa că nu există nici o problemă în privinţa aceasta, spuse McNamara, iar apoi se întoarse spre Steven.

— Steven, continuă aici cu echipa ta. Nu lăsa nici o piatră neîntoarsă. Îţi cunoşti meseria, nu e nevoie să-ţi amintesc eu cum să o faci, spuse el cu un gest de concediere. Acum plec. Sunt deja în întârziere undeva, aruncă el peste umăr şi părăsi casa.

Cu ochiii mari, Steven şi James îl priviră plecând. Expresia facială a lui Steven o oglindea perfect pe cea a lui James.

CAPITOLUL 12 – O GURĂ DE AER PROASPĂT

MCNAMARA MERSE PE JOS până la Bistroul Galeria Cramond. Nu credea că se merita să își ia mașina, pentru că nu putea fi sigur că ar fi găsit vreun loc de parcare disponibil acolo.

Seara scosese foarte mulți oameni din casă, iar el se mustră pe sine însuși că nu se gândise la acel lucru mai înainte pentru că lui, unuia, nu îi plăceau mulțimile.

Mulți îl catalogau ca fiind un lup singuratic. De fapt, lui nu îi plăcea să socializeze. Harta lui genetică nu îi permitea să creeze legături complexe cu oamenii, ci doar la un nivel superficial.

Bistroul îl întâmpină cu un zumzet de conversații. Mesele mici se aliniau de-a lungul fațadei bistroului. Mai mult ca sigur, în câteva săptămâni, terasa urma să fie goală din cauza vremii, iar de aceea oamenii păreau hotărâți să profite de toamna blândă cât mai mult posibil.

Detectivul îşi aruncă ochii la ceasul de la mână şi observă că întârziase deja cinci minute. Se posomorî şi murmură pe sub barbă. În general, se mândrea cu punctualitatea sa.

Trecu în revistă chipurile oamenilor aşezaţi la mese până când dădu cu ochii de Bryony. Aceasta se uita fix la el, cu un zâmbet uitat în colţul gurii.

Bryony reuşise să pună mâna pe o masă din capătul îndepărtat al terasei, iar acum, aştepta cu răbdare ca el să apară. Se temuse că bărbatul fusese reţinut pe undeva din cauza cazului la care lucra.

Nu l-ar fi învinovăţit dacă aşa ar fi stat lucrurile pentru că îi înţelegea natura muncii. Probabil că acela era singurul lucru pe care îl înţelegea cu claritate despre el.

Bryony îl urmări paşii lungi cu privirea, iar mai apoi, ochii ei parcuseră lungimea trupului bărbatului. Când privirea ei ajunse la ochii lui, lumina stranie care lucea în ei o deconcertă.

McNamara era primul bărbat pe care nu îl putea citi sau înţelege. De fiecare dată când avea impresia că în sfârşit şi-a dat seama cam ce fel de om ar fi, ceva apărea şi se pomenea în aceeaşi ceaţă ca la început.

Se întrebă dacă nu cumva de aceea era atât de fascinată de el. În general, nu s-ar fi obosit să îşi rupă din timpul ei pentru nimeni, iar acum fusese mai mult decât dornică să conducă tot drumul până în satul Cramond şi să îl aştepte în cafeneaua aglomerată. Îşi scutură capul uşor din cauza uluirii, iar apoi îi zâmbi.

— Bună, detective, spuse ea pe un ton blând.

Vocea ei mereu avea un efect straniu asupra pielii lui. Se simţea ca o mănuşă mângâietoare, iar el nu se putea decide dacă îi plăcea sau nu senzaţia aceea.

— Detective? se încruntă el la ea. Ieri ai vrut să îmi ştii prenumele, iar astăzi mă numeşti *detective* din nou?

Ea îşi flutură mâna pentru a-i arăta că nu era un subiect important, iar apoi îi spuse jucăuş:

— Mai întâi ia loc, Artair. Mai apoi poţi să mă şi cerţi.

Fără să vrea, un zâmbet tremură pe buzele lui McNamara. Iar apoi, bărbatul îşi dădu seama brusc care era adevărul. De aceea era el atras de Bryony şi i se părea că femeia este atât de diferită de celelalte. Ea îi spunea exact ceea ce gândea. Nu încerca să pretindă că era sfioasă şi nu îl învăluia în cuvinte plăcute false, fără consistenţă, numai pentru a se asigura că el îşi va face timp pentru ea.

Lui întotdeauna îi fusese dificil să aibă încredere în oameni. Nu acorda nimănui încrederea cu uşurinţă şi foarte rar se baza pe cei din jur.

Până atunci, cu excepţia lui Bryony, femeile nu îi demonstraseră că ar fi fost în stare să fie directe. Când ajunse la acea concluzie, un zâmbet rar îi lumină chipul.

— Îmi cer scuze, dar am fost reţinut, spuse el şi se aşeză vis a vis de ea.

Ea îi îndepărtă scuzele la o parte cu un gest al mâinii.

— Nu îţi fă probleme pentru aşa ceva. Ştiu că te găseşti în mijlocul unui caz, aşa că mă aştept la întârzieri, dacă nu şi la absenţe din partea ta.

— Am spus că voi fi aici şi ar fi trebuit să fiu, indiferent de ce s-ar fi întâmplat, i-o întoarse el pe o voce mult mai aspră decât şi-ar fi dorit.

— Asta este... frumos din partea ta, replică ea. Dar cu toate acestea, nu mă aștept să lași totul la o parte pentru a te întâlni cu mine dacă ești în mijlocul la ceva important, McNamara, continuă ea. Munca este muncă și trebuie să vină întotdeauna pe primul loc.

McNamara o privi atent și, pentru prima dată în viața lui, nu știu ce să spună. Foarte puține femei i-ar fi împărtășit părerea.

— Tu vorbești serios? reuși el să spună într-un final.

— Evident că vorbesc serios, se răsti ea la el, iar sprâncenele i se adunară într-o încruntătură. Nu uita că și eu lucrez. Chiar dacă munca mea nu are aceeași... tentă de urgență ca a ta, uneori, sau de fapt mai tot timpul, am și eu o etică anume a muncii.

El îi studie chipul în amănunt. După câteva momente, ajunse la concluzia că spunea adevărul, așa că zise:

— Hai să comandăm ceva. Nu numai cafea. Sunt prea flămând pentru a fi înconjurat de toate mirosurile acestea și să nu încerc o supă sau ceva.

Ea izbucni în râs și îi spuse:

— Știam eu că așa o să fie. Nu te teme, am comandat deja. Le-am spus să-ți aducă o supă cullen skink (*o supă scoțiană deasă cu egrefin afumat, cartofi și ceapă) și un sendviș uriaș. De asemenea am comandat cafea și scones cu cremă groasă închegată. Este bine? întrebă ea apoi, agitându-se pe scaun sub privirea lui enigmatică.

— Da, este chiar perfect, replică el pe un ton liniștit și se aplecă în față.

MIROSURI ŞI UMBRE

Fără nici un fel de avertisment, degetele lui le prinseră pe ale ei şi el îi întoarse mâna cu palma în sus. Degetul lui mare îi mângâie pielea catifelată a palmei sale, iar ea simţi furnicături în cele mai ciudate locuri.

McNamara îşi ridică privirea şi se uită drept în ochii ei.

— Deci cu ce te-ai ocupat astăzi? o întrebă el, iar din acel moment, conversaţia dintre ei continuă cu fluiditate.

Bryony îi povesti despre cele mai interesante personaje care i-au vizitat librăria în acea zi. El o încurajă să vorbească pentru că el nu putea să-i dezvăluie absolut nimic despre caz.

Nu că ar fi simţit nevoia să spună ceva pentru că Bryony avea un talent deosebit pentru a descrie oamenii şi, mai mult decât atât, demonstra un umor special.

Bryony se opri când le sosi comanda. Surprins, McNamara îşi dădu seama că zâmbise în timpul conversaţiei cu ea mai mult decât ar fi zâmbit într-o lună întreagă în mod obişnuit.

Nici nu îşi cufundase bine lingura în supă când telefonul lui mobil sună. Se scuză faţă de Bryony pentru întrerupere, iar apoi răspunse cu un lătrat.

— Da.

— Îmi cer scuze că vă întrerup, boss, se scuză James la telefon. Sunt sigur, însă, că aţi dori să aflaţi acest lucru. Am găsit scena primară. Femeia a fost clar luată din maşină. Sunt semne de luptă, iar una dintre ferestrele laterale este crăpată.

— Este necesar să vin acolo? întrebă McNamara, deja oţelindu-se împotriva regretului care îi săgeta inima.

I-ar fi plăcut să poată mânca supa aceea. I-ar fi plăcut şi să-şi încheie întâlnirea cu Bryony. Îşi ridică privirea spre Bryony şi observă că ea nu se uita spre el. Femeia privea spre întinderea de apă şi spre lebedele care pluteau undeva în depărtare.

— Nu este necesar, replică James. Trebuie doar să documentăm totul pe film şi să colectăm evidenţa, atât din maşină cât şi din jurul maşinii. Vom sechestra maşina, desigur, şi probabil vom ştii mai multe despre ce s-a întâmplat aici mâine, îi explică detectivul sergent, iar McNamara se felicită că avea oameni atât de muncitori sub comanda sa.

— Bine atunci, James. Mâine, la prima oră de dimineaţă, discutăm ce ai găsit acolo, spuse el şi închise telefonul. Tocmai ce am obţinut un răgaz, spuse el, întorcându-se înapoi spre Bryony.

— Aceasta înseamnă că poţi să rămâi? întrebă ea, iar trepidaţia îi lumină trăsăturile.

— Şi să-mi iau cina, murmură el, deşi gândurile lui erau la cu totul altceva.

McNamara se aşteptase ca o parte din bucuria ei să dispară după cele spuse de el, dar nu se întâmplă aşa. Cei doi au împărţit împreună o masă bună, asezonată cu discuţii plăcute şi au şi râs împreună.

Ea este bună pentru mine, reflectă el, când îşi dădu seama că gândurile nu i se întorseseră la cazul lui, aşa cum se întâmpla mai întotdeauna înainte, chiar şi atunci când avea o întâlnire.

Când ultima firimitură dispăru de pe masă, el plăti nota şi o invită pe Bryony la o plimbare de-a lungul râului. După-amiaza târzie trecuse şi venise seara, iar roşeaţa asfinţitului se reflecta în apă.

Mai târziu, el o urmă în maşina lui înapoi pe Strada Privighetorii. Îşi lăsă maşina lângă bordură, în timp ce ea şi-o parcă pe a ei în aleea de lângă casă. Ea îl aşteptă să vină la ea şi îl invită înăuntru.

— Nu în seara aceasta, replică el.

MIROSURI ŞI UMBRE

Nu ştia cât de departe dorea să meargă cu acea relaţie pe care o avea cu ea şi avea nevoie de timp ca să se gândească, iar pentru a se gândi trebuia să fie departe de Bryony. Femeia avea darul de a-i înceţoşa gândurile.

— Poate altă dată, murmură ea. Să ajungi cu bine acasă, continuă ea, dar el nu se mişcă.

Sprânceana ei stângă i se ridică pe frunte, ca şi cum l-ar fi întrebat ce dorea. El se aplecă deasupra ei şi îi atinse buzele fugar.

Trebui să îşi folosească toată voinţa pentru a se îndrepta mai apoi şi a spune:

— La revedere, Bryony. Te voi suna curând. Este bine aşa?

— Este bine, răspunse ea pe un glas blând şi îi mângâie braţul.

El se întoarse la maşina sa şi plecă, bodogănind pe sub barbă. Acea atingere castă a buzelor ei fusese o greşeală. Acum nu-şi mai putea scoate gustul ei din minte.

OCHII LUI BRYONY ÎI urmăriră maşina până ce dispăru după colţul străzii. Ridică din umeri pentru a-şi alunga senzaţia pierderii nedefinite pe care o resimţea, iar apoi se întoarse să intre în casă.

CAPITOLUL 13 – SE ADUC LA LUMINĂ MAI MULTE DETALII DESPRE VICTIMĂ

ÎN JURUL OREI UNSPREZECE, McNamara își mai făcu o porție de cafea. Avea nevoie de nou combustibil pentru a-și pune mintea în mișcare. Ziua îi începuse cu o activitate febrilă.

Echipa lui Steven lucrase toată noaptea și analizase probele colectate din casa victimei și din garaj.

Guru-ul lor în ale computerului, Logan MacGregor, deja reușise să spargă parola de pe iPad-ul victimei și scosese la iveală dosare despre diverse crime pe care aceasta le comisese. Victima lor fie fusese o albinuță foarte ocupată, fie o persoană foarte însetată de sânge.

Nu aveau încă toate numele victimelor pentru că nu aveau decât inițialele lor ca punct de pornire și trebuiau să le potrivească cu crime de peste tot din Marea Britanie.

Era de asemenea clar că unele dintre crime avuseseră loc în străinătate pentru că nu reuşiseră să găsească nimic similar în baza lor de date. McNamara bănuia că nu vor fi niciodată în stare să ia urma tuturor crimelor executate de acea femeie.

Acum un lucru era limpede pentru ei: victima lor fusese un ucigaş plătit sau o ucigaşă plătită - McNamara nu era foarte sigur dacă exista sau nu acea denumire, dar era întotdeauna atent să nu submineze mişcarea de eliberare a femeilor.

Indiferent de denumire, profesiunea aleasă de victima lor le ridica mari probleme detectivilor. Chiar dacă acum o displăceau enorm pe femeia ucisă, tot trebuiau să îi rezolve cazul, iar baza lor de suspecţi posibili devenise mult mai mare decât înainte.

Motivele pentru uciderea ei abundau şi tot continuau să apară. McNamara chiar reflectă că probabil ar fi fost mai uşor să determine cine nu ar fi avut vreun motiv să o ucidă pe Joanna Livingstone.

Într-adevăr, numele real al femeii era Joanna Livingstone. Reuşiseră să dea de urma ei în Londra. Aceasta fusese fiica unui fost sergent de armată şi a unei profesoare.

Joanna se dovedise a fi o elevă foarte bună, dar, cu toate acestea, spre dezamăgirea mamei sale, alesese să o ia pe urmele tatălui ei când s-a hotărât asupra primei profesiuni şi se înrolase în armată la vârsta de optsprezece ani.

Joanna atinsese nivelul înalt de instrucţie 4 şi lucrase în operaţiuni în timp real. Dobândise şi Diploma de Nivel 4 în Operaţiuni de Informaţii Secrete, iar apoi, părăsise armata.

Acum ştiau de ce: luase hotărârea să înceapă o carieră pe cont propriu şi, evident, să îşi folosească noile aptitudini dobândite în acea nouă *slujbă*.

MIROSURI ȘI UMBRE

Femeia dispăruse din orice rețea care era monitorizată. Mai păstra numai unele conturi bancare, din care numai unul în Marea Britanie. Femeia avea aparent o preferință pentru băncile elvețiene, probabil datorită înclinației lor de a nu dezvălui secretele și datele personale ale clienților lor.

Detectivii reușiseră să adune foarte puține informații despre ea. Murise la vârsta de treizeci și doi de ani și nimeni nu a putut să le spună ce făcuse ea, de fapt, după ce a împlinit douăzeci și șapte de ani.

Poliția din Londra îi contactase părinții în dimineața aceea devreme, dar nu reușiseră să afle nimic de la ei. Aceștia nu-și văzuseră fiica de mai bine de patru ani. Nu știau nici măcar că aceasta cumpărase un apartament în Londra cu câțiva ani în urmă.

Fuseseră foarte șocați când au aflat cu ce se îndeletnicea fiica lor și care-i era profesia. Mama ei le declarase că nici nu se gândea să accepte ce spuneau ei despre copilul ei, iar tatăl ei deja amenințase poliția cu un proces.

Detectivul își turnă o ceașcă de cafea și se întoarse la biroul său. Bătu darabana cu degetele pe tăblia mesei câteva clipe, reflectând la ce știa despre acel caz, iar apoi ridică receptorul.

— James, să vină toată lumea în biroul meu. Jo, Mike, Steven, și evident, tu, spuse el succint și apoi închise.

Câteva minute mai târziu, subordonații lui intrară în șir indian în biroul lui fără să spună nimic. Îl salutară numai cu o mișcare a capului, iar apoi luară loc pe scaunele pe care el le așezase de cealaltă parte a biroului.

Cu numai două săptămâni în urmă, McNamara ceruse să îi mai fie trimise două scaune în birou. Își amintea cât de incomod fusese când unii dintre detectivi au trebuit să rămână în picioare în timpul unora dintre întâlnirile pe care le convocase.

— Steven, începe tu cu ceea ce știi, decise McNamara să înceapă cu departamentul de criminalistică.

— Mai avem de făcut niște teste, dar știm destul pentru ca să îți poți continua investigația, își începu Steven raportul, iar apoi întoarse câteva pagini din caietul pe care îl ținea în mână.

— A fost atacată în mașină... De fapt, cred că a fost atacată atunci când a vrut să coboare din mașină. I s-a pus cloroform pe față, dar tot a continuat să se lupte câteva minute... Nu era o amărâtă de domnișorică, dacă știi ce vreau să spun, remarcă el și își ridică privirea spre McNamara.

Detectivul dădu din cap pentru a-i confirma că știa despre ce vorbea, iar apoi încercă să-și ascundă amuzamentul când observă că toți ceilalți detectivi din încăpere dădeau și ei din cap în unison cu el. Îi făcu un semn lui Steven să continue.

— Și-a rupt două unghii în luptă. Nu avea ea unghii prea lungi, dar erau destul de lungi ca să poată fi rupte, spuse el, luându-și ochii de pe caietul său și aruncându-și privirea spre Inspectorul Șef din nou. Acela a fost un lucru bun, specifică el, dând din cap. Am găsit niște urme de piele atașate de unghii și o picătură de sânge. Testele au demonstrat că ADN-ul aparține unui bărbat, spuse el. Cel puțin acum știi care este sexul criminalului, sublinie Steven.

Mai întoarse o pagină și citi ce notase acolo, iar apoi își întoarse privirea spre McNamara.

MIROSURI ȘI UMBRE

— Nu a existat nici un fel de urmă care să-l lege pe criminal de vreo barcă de pescuit sau altceva asemănător. Nu a existat nici un alt fel de dovadă care să indice spre cineva anume, încheie el.

După câteva secunde, încruntându-se, recunoscu:

— Nu au fost lăsate nici un fel de amprente. Omul a purtat mănuși.

Toată lumea păstră tăcerea în timp ce Steven își verifică caietul din nou, dar toate privirile erau ațintite spre el. Îi trebuiră cam cinci minute să mai găsească altceva de spus, iar McNamara era pe punctul de a numi pe altcineva din echipă să își prezinte raportul când Steven vorbi în sfârșit.

— În casă nu erau nici un fel de amprente străine. Am mai găsit câteva arme ascunse. Un pistol se găsea într-unul din sertarele noptierei, un pumnal fusese ascuns în sertarul cu tacâmuri din bucătărie, iar un altul a fost pitit sub o fotografie din camera de zi. Fotografia aparține persoanei care i-a subînchiriat casa, se gândi el să adauge. Femeia avea un nenorocit de arsenal în locuință, concluzionă el cu uimire. Vei avea totul notat în raportul meu final, spuse el.

Brusc, omul se simți prea obosit ca să mai treacă în revistă toată lista de arme pe care le găsiseră.

— Am descoperit de asemenea niște arme în mașină, adăugă el după ce se mai gândi un moment. Ceea ce nu pot pricepe defel este ce a vrut să facă cu grenadele, spuse el frecându-și bărbia cu degetele.

— Tu vorbești serios? îl întrebă McNamara cu un glas uluit. Pe bune? Avea grenade?

Steven dădu din cap cu vigoare.

— Da, Şefu, avea două într-un ghiveci în curtea din spate şi una într-o cutie umplută cu vată în portbagaj.

McNamara îşi scutură capul. Nu îi venea să creadă că cineva ar fi considerat grenadele ca fiind potrivite pentru a fi folosite ca arme de protecţie personală.

— Ah, să nu uit, continuă Steven, acum verificăm noroiul de pe roţile din spate ale maşinii ei. Ne-ar putea spune pe unde s-a perindat înainte de a fi fost atacată.

— Ai făcut o treabă bună, Steven, îl lăudă McNamara. Ar trebui să îţi iei după-masa liberă şi să te duci acasă să te odihneşti. Dacă apare altceva, aş prefera ca tu să te ocupi de investigaţia criminalistică, aşa că mai bine îţi iei liber acum, îi explică el. Vei avea nevoie de odihnă.

Steven aprobă dând din cap şi se ridică cu dificultate. Mărimea sa şi oboseala îl făceau să imite cu succes un urs cu un caz serios de gută. Bărbatul părăsi biroul Inspectorului Şef cu paşi greoi.

Ochii lui McNamara îi urmărіră progresul de-a lungul încăperii, iar o dată ce uşa se închise în urma lui, se întoarse spre Jo.

— Casetele de supraveghere?

— Ne-am uitat mai întâi la casetele cu ultimele două ore înainte de crimă. Ne gândeam să împărţim casetele în două după aceea pentru că altfel... lăsă ea propoziţia în suspans. Oricum, boss, am văzut-o pe femeie conducându-şi maşina în garaj cu o jumătate de oră înainte de a fi ucisă. A parcat şi a făcut ceva în maşină pentru vreo două minute... Nu am putut vedea ce din cauza poziţiei camerei. Doar cu câteva clipe înainte ca ea să deschidă portiera, a apărut o umbră... Era clar un bărbat. Era aplecat în faţă, aşa că nu i-am putut zări chipul.

MIROSURI ŞI UMBRE

A aşteptat până ce femeia a deschis uşa şi când aceasta a vrut să iasă, individul i-a lovit braţul şi i-a pus o compresă peste faţă. În acelaşi timp, a împins-o înapoi în maşină. Nu am putut vedea ce s-a petrecut în maşină... Camera, ştiţi, spuse ea, privind fix la McNamara, iar acesta o aprobă cu o înclinare a capului. După câteva clipe, bărbatul a ieşit afară din maşină, s-a uitat în jur, iar apoi a scos-o şi pe ea din maşină şi a dus-o la o altă maşină care era parcată într-un loc unde camera nu prea are nici un fel de vizibilitate. Am putut vedea doar o parte a maşinii, dar nu destul pentru a ne da seama de numărul ei, explică ea.

— Cum arăta individul? o întrebă McNamara.

Jo îl imploră pe Mike cu ochii să răspundă. Mike ridică din umeri, dar cedă până la urmă.

— Nu am avut prea mult noroc, boss, spuse el. Atacatorul purta o şapcă trasă în jos pe frunte. Am remarcat că avea părul scurt de culoarea nisipului, dar cam de nedescris... Înălţime medie... Dumnezeu ştie ce vârstă are, ridică el din umeri.

Lui McNamara nu-i prea plăcură cele auzite, dar ştia că nu putea cere rezultate atunci când nu exista nici o cale pentru a obţine acele rezultate.

— Înţeleg, spuse el. Mai este altceva?

— Ceva da, spuse Jo. Ne-am uitat la casete înapoi în timp şi am remarcat o maşină neagră care monitoriza garajul. Am văzut-o de câteva ori... Mereu parcată în aşa fel încât să nu se poată vedea numărul. Dar, cu toate acestea era o Vauxhall Astra. După părerea mea ar putea fi aceeaşi maşină pe care am văzut-o în garaj.

— Asta este ceva, aprobă McNamara.

— Aceeaşi maşină a profitat că altcineva a intrat cu maşina în garaj şi a urmărit acea persoană îndeaproape, spuse Mike. Chiar cu vreo patruzeci şi cinci de minute înainte ca Joanna să îşi conducă şi ea maşina în garaj. Un lucru interesant, totuşi. Plăcuţele de înmatriculare erau stropite cu noroi, continuă el, iar Jo îl aprobă dând din cap. Spun că este interesant, pentru că de fapt maşina era foarte curată. Numai plăcuţele erau înnoroiate.

— Dar înnoroiate bine, Şeful. Ar fi o şansă să putem obţine o parte din număr, dar va necesita multă muncă. Am trimis caseta la cei de la tehnic. Poate că ei pot descoperi suficient din număr pentru a ne ajuta în construirea cazului mai încolo, explică ea sfătos.

— În regulă, Jo. Tu şi Mike faceţi câteva poze cu acea maşină şi mergeţi înapoi în satul Cramond. Luaţi-i cu voi pe Donna Blair şi Angus Mackie şi întrebaţi în jur. Poate că cineva îşi aminteşte de acea maşină, ordonă McNamara, iar detectivii plecară imediat. Acum, James, cum merge cu descifrarea bloc notesurilor din biroul victimei? întrebă el, întorcându-se spre sergent.

— Încet, admise sergentul. Am reuşit să împerechez din note cam cu o duzină de cazuri noaptea trecută. Încă mai aştept să aud de la Interpol în legătură cu unele dintre ele... Oricum, eu le-am cerut detalii privind cazurile ce au avut loc în ultimii doi ani, ridică el din umeri.

— De ce numai acelea? întrebă Inspectorul Şef.

— Dacă e răzbunare, boss, nu cred că ucigaşul a aşteptat mai mult timp de atât, explică James.

McNamara reflectă la cuvintele lui, iar apoi îi replică:

MIROSURI ŞI UMBRE

— Uneori răzbunarea este mai bună când este servită rece, James. S-ar putea să fie un caz mai vechi de doi ani. Avem cinci ani pe care trebuie să îi luăm în considerare, iar aceasta dacă nu luăm şi alte motive în calcul, sublinie el.

— În acest caz, va lua timp. Chiar foarte mult timp, specifică James. Ne va lua săptămâni să rezolvăm cazul, boss, spuse el, iar McNamara îl aprobă cu o înclinare a capului.

— Poate chiar luni, James, şi asta dacă reuşim să rezolvăm cazul, recunoscu McNamara, şi îşi mângâie bărbia gânditor.

Niciodată nu-i surâsese să accepte vreo înfrângere, dar de data aceasta trebuia să ia în considerare şi acea posibilitate. Erau mult prea mulţi posibili suspecţi care nu se găseau în aria lor de investigaţie.

— De aceea m-am gândit să mă concentrez pe ultimii doi ani. Dacă nu iese nimic din asta, boss, îmi voi extinde cercetarea, spuse James, privindu-l pe McNamara direct în ochi.

— În regulă, James. La ce cazuri te-ai gândit că ar putea fi legate de această crimă? se interesă detectivul, aplecându-se în faţă în scaun şi sprijinindu-şi coatele de masă.

— De fapt, considerasem patru cazuri la început, dar unul nu pare să fi iscat nici un fel de dorinţă de răzbunare. Victima era un om în vârstă. Din câte am înţeles, nimeni nu l-a plăcut şi toată lumea a fost fericită când a decedat. Averea i-a fost împărţită între copiii săi – doi fii şi trei fiice. Oricare dintre ai ar fi putut comanda crima sau probabil chiar toţi au contribuit la plată, ridică el din umeri. Plata finală a fost destul de ridicată. Conform cu nota Joannei, aceasta a primit 85 de mii, inclusiv cheltuielile, iar ea a trebuit să facă totul să pară a fi un accident, ceea ce a și făcut. Am pasat cazul unității de crime majore din Valea Clyde, menționă James, iar McNamara îl aprobă.

— Deci mai ai trei cazuri rămase, observă el, iar James aprobă cu o înclinare a capului.

— Da, boss. Primul este legat de un cuplu... Un caz urât, scutură el din cap. Abia se căsătoriseră. Numai cu o săptămână înainte să moară. Taxa pentru *accidentul* lor a fost de 150 de mii, inclusiv cheltuielile. Domnișoara Livingstone a înscenat și aici totul ca să arate ca un accident. Frânele de la mașina lor s-au defectat și au ajuns pe fundul unei zănoage... Tânărul bărbat a murit pe loc. Soția a zăcut aproape trei săptămâni în comă. Până la urmă, familia a deconectat-o de la aparate, povesti James, iar ochii îi luciră tăios ca oțelul.

McNamara îl înțelegea foarte bine. Era o pierdere teribilă: două vieți tinere tăiate scurt din cauza unui capriciu.

— Și cauza? întrebă el.

— Fratele bărbatului a moștenit totul. Victima abia câștigase la loterie. O mulțime de bani, observă James.

— Unde s-a întâmplat? întrebă McNamara, bătând darabana furios în tăblia mesei.

— În Highlands, in nord-est, răspunse James.

— I-ai notificat pe colegii noștri din acea zonă? Acest caz trebuie adus la lumină, remarcă Inspectorul Șef cu duritate.

— Desigur că da, boss. Le-am trimis toate informațiile legate de caz. Nu o mai exista criminala, dar instigatorul crimei trebuie pedepsit, sublinie James.

— Correct, se arătă McNamara de acord. Acum, cine ar vrea răzbunare?

MIROSURI ŞI UMBRE

— Tânărul care a decedat nu mai avea pe nimeni altcineva decât pe fratele său, care, în mod clar, este cel care a ordonat crima. Tânăra femeie, însă, a lăsat în urmă o mamă şi o soră. Este posibil ca ele să fi vrut să se răzbune.

— Dacă au ştiut că a fost o crimă, sublinie McNamara.

— Da, dacă au ştiut, aprobă James pe un ton liniştit. Cam în două ore voi avea noutăţi de la detectivul sergent de acolo. Atnci voi ştii sigur dacă răzbunarea este legată de acest caz.

— Dacă e răzbunare, murmură McNamara.

Dar în ciuda acelui fapt, James l-a auzit.

— Da, dacă este răzbunare. Dar ce altceva poate fi? îşi arătă el uimirea, ridicând din umeri şi deschizându-şi braţele.

— Poate că a cerut prea mulţi bani, speculă McNamara. Sau poate că a mâniat pe cineva... Sau poate că s-a decis să şantajeze pe careva...

— Da, este posibil să fie şi alte motive, acceptă James.

— Oricum, ai spus că ai luat în considerare patru cazuri la început şi noi am discutat doar două. Care sunt celelalte două cazuri?

— Unul este un caz în care s-a presupus că trebuia să pună în scenă un suicid, spuse James după ce aruncă o privire pe notiţele sale. O tânără femeie... Avea abia douăzeci şi doi de ani... Cred că acesta este cazul cel mai promiţător, Şefule. Tânăra în cauză, Clarissa Ross, era în depresie în momentul în care a murit... Conform colegilor noştri din Dundee, au existat nişte opinii foarte diferite privind starea ei mentală la acea vreme...

— De ce? se interesă McNamara.

— Se presupunea că fata trebuia să se căsătorească... Era şi însărcinată şi brusc, nunta a fost anulată, iar ea a avut o pierdere de sarcină. Unii au spus că aceasta l-a prins pe viitorul soţ cu o altă femeie şi s-a supărat. I-a spus individului că nu se va mărita cu un rahat de bărbat prefăcut şi adulter. Scuzaţi-mi limbajul, boss, dar exact aşa mi s-a spus.

McNamara îi făcu semn să continue cu o fluturare a mâinii.

— Acum, oamenii au zis că tatăl individului îl avertizase pe acesta să-şi pună viaţa în ordine. O singură greşeală ar fi fost suficientă pentru a fi aruncat afară din casă şi din afacerea de familie pentru totdeauna. Părinţii lui o iubeau pe Clarissa şi erau pur şi simplu îndârjiţi să o aibă ca noră. Cei care le-au spus toate acestea poliţiştilor, le-au spus şi că individul a venit să discute cu Clarissa, iar când ea nu a acceptat să-l primească înapoi, el a bătut-o şi aşa a pierdut femeia sarcina. Aparent, starea ei mentală s-a înnegurat rău de tot atunci. O parte dintre cunoscuţi au crezut că s-a sinucis, iar altă parte s-au gândit că individul a pus pe careva să o omoare.

— Înţeleg, spuse McNamara. Şi ce a crezut poliţia?

— Iniţial, cazul a fost închis cu soluţia de suicid. Dar cu toate acestea..., se opri James şi se încruntă uşor.

— Cu toate acestea ce, James? Văd că ai luat şi tu o pagină din cartea lui Jo. Îţi place să construieşti suspansul, îl luă McNamara peste picior pentru a-l face să vorbească.

— Păi, individul acela a fost ucis într-o manieră oribilă acum o săptămână şi jumătate, relată James.

— Pe bune? se îndreptă McNamara mai mult în scaunul său. O senzaţie sfredelitoare îi trecu pe la ceafă.

— Cumva asemănătoare cu ce avem noi aici, continuă James.

MIROSURI ȘI UMBRE

— Cât de similară?

— A fost găsit într-o zănoagă... Nu era o imagine prea plăcută, recunoscu el. Cineva i-a tăiat mâinile și picioarele și l-a lăsat acolo să sângereze până la moarte.

— Ai dreptate, James. Ăsta este cazul. Începe să cercetezi familia și prietenii fetei. Și ține-mă la curent cu tot, îi ordonă McNamara. Eu mă duc la Cramond să-i asist pe Jo și Mike, spuse el și se ridică de pe scaun.

CAPITOLUL 14 – LIPSESC BATERIILE DINTR-UN APARAT AUDITIV

MCNAMARA MAI AVU CÂTEVA lucruri de rezolvat la birou şi reuşi să îi ajungă pe detectivi din urmă abia pe la trei după-masa.

Tocmai îşi lăsase maşina într-una din parcările gratuite şi se bucura de plimbarea în aer liber. Pe drum, observă şi admiră lebedele care erau împrăştiate pe apa care strălucea în soarele puternic.

Brusc, îi apăru Bryony în minte. Îşi reaminti de plimbarea lor din seara precedentă, iar nevoia de a o revedea deveni copleşitoare. Îşi promise să o sune în acea după-amiază dacă avea oportunitatea.

Datorită unui noroc chior, dădu peste Donna şi Angus. Aceştia o intervievau pe o femeie în vârstă a cărei ţinută, în ciuda înfăţişării ei, amintea de cea a unui soldat la paradă. Chipurile detectivilor le trăda uluirea colorată cu o tentă de furie.

McNamara rămase în apropierea lor pentru câteva clipe, întrebându-se dacă să îşi anunţe prezenţa sau nu, dar era mult prea curios să afle ce a putut să-l zdruncine pe răbdătorul Detectiv Mackie. Acesta era faimos peste tot în poliţie pentru maniera sa răbdătoare în absolut toate situaţiile, chiar dacă devenise detectiv numai cu o lună şi o săptămână în urmă.

Răspunsul era destul de simplu. Subiectul interviului lor nu putea auzi, deşi purta un aparat auditiv.

Mackie trebuia să îşi strige întrebările şi, după fiecare întrebare îşi arunca privirea în jur, uşor jenat, dar mai ales plin de îngrijorare. Tipul de investigaţie pe care o aveau de făcut nu avea nevoie de audienţă.

— Întrebam dacă aţi văzut această maşină, doamnă, strigă Mackie din toţi rărunchii încă o dată şi din nou împinse poza sub ochii femeii.

Deja făcuse acelaşi lucru de câteva ori şi acum îi părea rău că o abordase pe aceasta din capul locului. Ar fi trebuit să găsească pe altcineva, mai potrivit, să-l întrebe despre nenorocita aia de maşină, dar bineînţeles că nu au ştiut acel lucru la vremea respectivă.

Asemănarea cu o păsare a înfăţişării femeii era izbitoare. McNamara chiar se miră că femeia putea sta în picioare pentru că oasele ei păreau într-atât de fragile încât el se temea că i se vor rupe în două dacă aceasta va mai continua mult să îşi menţină acea ţinută trufaşă.

MIROSURI ŞI UMBRE

Dar cu toate acestea, sub acel exterior fragil exista un miez de oţel. O lucire de satisfacţie străluci în ochii femeii când Mackie îşi urlă întrebarea, probabil pentru a zecea oară, iar McNamara avu certitudinea că femeii îi făcea plăcere să observe dificultatea şi eforturile detectivilor.

McNamara decise să intervină înainte ca meciul de urlete să ajungă prea departe. Observase deja vreo câţiva oameni care îi priveau pe poliţişti de pe verandele caselor lor şi numai bunul Dumnezeu ştia câţi alţii priveau din spatele ferestrelor.

— Bună ziua, se adresă el grupului.

Detectivii săi fuseseră atât de concentraţi asupra subiectului lor, încât nici nu observaseră că Inspectorul Şef se afla acolo. Donna chiar se crispă când îşi dădu seama că se afla alături de ei şi, aparent, de ceva vreme deja.

Bătrâna femeie se întoarse spre McNamara şi îl evaluă cu ochi calculaţi. Nu îşi limită evaluarea numai la chipul bărbatului, ci îi trecu în revistă întreg corpul, de la creştetul capului şi până la picioare, iar apoi din nou în direcţie inversă. După aceea, un zâmbet ironic îi apăru pe buze.

Nu putea spune cu precizie de ce, dar McNamara avu senzaţia că femeia era satisfăcută să mai aibă pe cineva la dispoziţia ei pentru a putea să-l treacă prin toate caznele.

— Deci care pare să fie problema aici? se interesă el pe un ton normal, pentru că nu îi surâdea defel ideea că ar fi trebuit să urle pentru a se face auzit.

— Nu aude, boss, îi explică Mackie. Ar fi trebuit să fi găsit pe altcineva să-l abordăm, mărturisi el. Dar deja începusem să-i punem întrebări şi nu am mai putut scăpa de ea, îi spuse el Inspectorului Şef pe şoptite, uitând pe moment că femeia nu îl putea auzi.

Femeia nu era capabilă să-l audă, dar îi putea citi foarte bine cuvintele pe buze şi se încruntă la el. McNamara imediat îi observă expresia feţei şi înţelese că femeia numai se amuzase cu detectivii lui până atunci.

Aceasta ar fi putut să le răspundă la întrebări fără nici un fel de probleme. Probabil că era doar plictisită şi simţea nevoia unei diversiuni sau poate că opinia ei privind divertismentul în general era mai ciudată.

— Este posibil ca ea să nu-ţi audă cuvintele, îi spuse detectivul lui Mackie, dar ştie exact ce spui. Îţi citeşte cuvintele pe buze, replică el. Nu este aşa, doamnă? spuse el întorcându-se cu o privire foarte severă spre femeie.

Aceasta se încruntă din nou când înţelese că jocul i-a fost descoperit. Apoi, ridică din umeri ca şi cum cuvintele lui nu ar fi avut nici cea mai mică importanţă pentru ea.

— Cum vă numiţi, doamnă? o întrebă McNamara.

— Martha Anderson, îi răspunse ea cu neplăcere.

— Îmi cer scuze pentru insensibilitatea mea, doamnă, spuse Inspectorul Şef pe un ton care trăda orice altceva, dar nu faptul că şi-ar fi cerut scuze. Văd că aveţi un aparat auditiv. De ce nu îl porniţi? Ar fi mai uşor pentru toată lumea implicată, remarcă el.

— Are nevoie de baterii şi nu am chef să cumpăr baterii chiar acum, ridică ea din umeri plictisită. Şi, de fapt, chiar m-am distrat conversând cu aceşti detectivi, adăugă ea pe un ton sec.

— Asta pot să văd, replică McNamara fără nici o intonaţie. Acum, hai să lăsăm la o parte jocurile, spuse el cu autoritate. Noi trebuie să ne facem treaba şi să prindem un criminal. Sunt convins că veţi putea găsi altceva cu care să vă amuzaţi după aceea, observă el. Ați văzut această mașină? întrebă el, împingându-i direct sub nas poza pe care o luase din mâna lui Mackie.

— Am văzut multe mașini ca aceasta, tinere, îl luă ea peste picior. Șoselele sunt pline de ele. Nimeni nu ar putea să facă diferența între o mașină și alta, în special dacă au această poză ca punct de plecare, împinse ea poza la o parte, privindu-l pe McNamara cu îndrăzneală drept în ochi.

Inspectorul Șef scrâșni din dinți de frustrare, dar reuși să-și păstreze calmul oarecum.

— Știu că acest tip de mașină este foarte comun pe aici, doamnă Anderson, dar speram că dacă priviți poza ați putea vedea ceva ce v-ar putea face să vă amintiți de o anumită persoană sau un anumit loc...

Femeia continuă să îl ațintească cu privirea ei deconcertantă câteva clipe, iar apoi îi smulse poza din mână și o privi atent. Fruntea i se încreți, dovedind că reflecta acum cu mare grijă.

Îi luă foarte mult timp să analizeze poza. După câteva minute lungi, bătrâna le spuse:

— Ceea ce văd foarte clar este faptul că nu i se vede plăcuța de înmatriculare, murmură ea. Îmi amintesc că am văzut o mașină de genul ăsta, al cărei număr lipsea, acum câteva zile... Vis a vis de garajul subteran de la capătul străzii acesteia... Nu mă întreba când anume, se răsti ea, supărată pe ea însăși pentru că nu-și putea aminti.

Memoria ei începuse să cam lase de dorit. Avusese unele pierderi de memorie îngrijorătoare în ultimii vreo doi ani și lucrul acela nu-i plăcea defel. Își frecă fruntea concentrându-se și închise ochii.

McNamara era pe punctul de a încheia discuția, gândindu-se că nu vor mai afla nimic interesant de la ea, când femeia își ridică mâna și spuse:

— Dar cu toate acestea, îmi amintesc bine că am văzut un bărbat în vârstă spălând plăcuțele de înmatriculare ale unei mașini similare... Da, era în aceeași zi, cred. Mașina era parcată undeva pe strada aceea, arătă ea cu degetul înspre nord, spre o stradă care se intersecta cu cea pe care se afla băcănia. Mă întorceam de la prietena mea, Elisabeth... Acum îmi amintesc, îi fulgeră ea cu un zâmbet strălucitor. Era ziua de naștere a lui Elisabeth. Noi două am mers la școală împreună și ne-am măritat în același an... Chiar și copiii i-am avut în aceiași ani..., își aduse ea aminte cu o privire visătoare în ochi.

Femeia reflectă la amintirile sale cu nostalgie pentru câteva clipe, iar mai apoi își scutură capul.

— Oricum, se întoarse ea la momentul prezent, aceasta nu are nici o legătură cu subiectul în discuție. Ce voiam să spun este că noi două am vorbit toată după-masa și seara... Și încă târziu în noapte. Cred că am plecat de la ea pe la miezul nopții. Ajung mai repede dacă vin în jos pe strada aceea. Am văzut bărbatul și mașina în aleea unei case. Bărbatul curăța plăcuțele de înmatriculare.

McNamara îi zâmbi cu recunoștință și o întrebă:

— Vă amintiți casa, doamnă Anderson?

— Ha! Toate casele acelea arată la fel. Nu îmi pot aduce aminte, tinere, cum aș putea? se rățoi ea la el.

-Care e data zilei de naștere a lui Elisabeth? Știți cumva? încercă McNamara să îi pună o altă întrebare.

— Desigur, tinere. S-ar putea să nu-mi mai amintesc ce s-a întâmplat ieri, dar cu siguranţă îmi amintesc ziua de naştere a celei mai bune prietene a mea, se îmbăţoşă ea.

Doamna Anderson le spuse data zilei de naştere a lui Elisabeth, iar aceasta coincidea cu ziua în care avusese loc crima. Se părea că ea chiar îl văzuse pe criminal.

— El v-a văzut? o întrebă Donna, deşi se gândea că dacă el ar fi văzut-o, probabil că bătrâna nu ar mai fi avut şansa să vadă următoarea dimineaţă.

— Nu, nu m-a văzut, replică femeia. Mergeam pe partea care are mulţi copaci. Nu este multă lumină pe-acolo şi umbra este destul de profundă. El era pe partea opusă şi luna lumina partea aceea de stradă bine.

— Deci, l-aţi văzut bine, trase concluzia Mackie.

— Ha! replică ea. Nu erau prea mult de văzut, tinere. Bărbatul era de înălţime medie, păr nisipiu... Probabil că din cauza vârstei, reflectă ea.

— Vârstei? întrebă McNamara.

— Da, era mai tânăr decât mine, dar mult mai în vârstă decât tine. Probabil cu zece dacă nu cumva cu douăzeci de ani, presupun, spuse ea. Chipul îi era comun, nu e nimic deosebit de menţionat, ridică ea din umeri.

— Aţi dori să-i însoţiţi pe detectivi la sediul nostru şi să lucraţi cu un artist? Chiar avem nevoie de un portret, dacă este posibil, încercă McNamara să o convingă. Desigur, vă vom conduce acasă cu maşina după aceea, sublinie el.

Doamna Anderson reflectă la invitaţia lui destul de mult şi numai după câteva minute bune acceptă.

McNamara se întoarse spre subordonaţii lui şi le spuse:

— Luați-o pe doamna Anderson cu voi la sediu și încercați să obțineți un portret.

După aceea, se întoarse din nou spre doamna Anderson și o întrebă:

— Credeți că este posibil să obținem niște baterii pentru aparatul dumneavoastră auditiv, doamnă? Ar ușura întregul proces considerabil, sublinie el.

Ea îi zâmbi și replică, arătând spre casa ei:

— Dacă mergem în casă, pot înlocui bateriile într-o clipă, tinere.

McNamara nu se putu abține să nu-i zâmbească, dar cei doi detectivi se strâmbară. Pierduseră o grămadă de timp și nervi, iar aceasta numai din cauza unei simple înlocuiri a bateriilor.

O însoțiră pe doamna Anderson în casă, după ce îi înmânară poza cu mașina lui McNamara. Inspectorul Șef se îndreptă spre următoare casă ca să pună întrebări locatarului de acolo.

CAPITOLUL 15 – O NOUĂ CRIMĂ UMBREȘTE REGIUNEA

— NU AM VĂZUT NIMIC, Detective, spuse tânăra femeie în grabă.

Ambele ei mâini se încleștaseră pe ușa de la intrare, pregătită să i-o trântească în față. Îl privea pe polițist cu nervozitate și McNamara nu putea să-și dea seama dacă era din cauză că știa ceva sau pentru că era o pasăre sperioasă.

Pe nepusă masă, ajunse la ei sunetul a ceva ce se spărgea în interiorul casei, iar femeia își întoarse capul înspre hol.

— Ian, te voi jupui de viu, tu, amărăciune ce ești. Ce ai mai făcut acum? Rose, vino jos și ai grijă de frate-tău, strigă ea atât de tare încât ferestrele se zguduiră.

McNamara tot vorbea de vreo cincisprezece minute cu doamna Muir, o tânără soție casnică care avea deja o mulțime de copii. Până în acel moment, inspectorul nu ajunsese la nici un rezultat cu ea.

Femeia îi încerca răbdarea zdravăn. Răspunsurile ei variau de la *Eu nu știu absolut nimic* la *Eu nu am văzut nimic*.

Aceasta se oprea în mijlocul unei propoziții pentru a striga la unul dintre pruncii din casă, iar apoi repeta din nou, mereu și mereu, că ea nu știa nimic și nici nu a văzut absolut nimic.

La fiecare câteva cuvinte, își verifica părul sau șorțul. De câteva ori, inspectorul o văzuse trecându-și în revistă și unghiile, ceea ce reprezenta o adevărată performanță, ținând seama de faptul că degetele ei erau lipite ferm de ușă. Polițistul își dăduse deja seama că avea în fața ochilor o femeie foarte conștientă de propria ei persoană.

— Ți-am zis deja, Detective, că nu recunosc mașina și nu știu nimic despre femeia a cărei poză mi-ai arătat-o, mai spuse ea încă o dată.

Apoi, fără să facă nici măcar o pauză, urlă:

— Michael, dacă ajung la tine, o să-ți pară rău.

McNamara trebui să accepte înfrângerea. Nu avea nici o șansă să obțină vreo informație de la aceea femeie. Ceea ce obținuse de altfel, era o durere de cap. Durerea îi pulsa în spatele pleoapelor și omul abia își opri nevoia de a-și masa tâmplele.

— Mulțumesc, doamnă, pentru timpul acordat. Vă las acum cu copiii dumneavoastră. Văd că aveți mâinile pline, spuse el cu o umbră de zâmbet pe buze.

În fond, nu avea nici un chef să zâmbească. Din contră, avea chef să spargă ceva, chiar dacă, probabil, după aceea, ar fi trebuit să răspundă pentru fapta sa.

McNamara merse alene în susul străzii, cu mintea ușor încețoșată. Durerea lui de cap devenise mai acută, iar acum, i se întinsese la tâmple și la ceafă, de asemenea.

Frecându-şi tâmplele, se gândi la întâlnirea pe care o avusese cu Bryony în seara precedentă şi la cât de liniştită şi relaxantă se dovedise a fi.

Mânat de un impuls, îşi scoase telefonul celular din buzunar şi, cum Bryony deja avea tasta *unu* programată pentru numărul ei de telefon, inspectorul apăsă butonul şi o sună imediat.

— Bună, străine, îl salută ea pe acelaşi glas blând pe care şi-l amintea de cu o zi înainte.

— Întrebare, spuse el. Aşa saluţi tu pe toată lumea sau...

Femeia izbucni în râs. Ar fi trebuit ca durerea lui de cap să se intensifice şi mai mult pentru că ori de câte ori avea aşa ceva, nu suporta anumite sunete mai stridente. Spre surpriza lui, aceasta nu se întâmplă, ba chiar începu să se simtă mai bine, iar acel lucru era chiar uimitor.

— Evident că nu salut pe toată lumea aşa, Artair, replică ea, încă râzând. Atâta doar că îţi ştiu numărul de telefon, îi explică ea.

— În regulă atunci, îi spuse el, iar zâmbetul i se reflectă şi în voce. Ţi-ar surâde să ne vedem în seara aceasta? o întrebă el.

— Da, mi-ar place să ne vedem, îi răspunse ea cu o voce moale, iar el simţi cum îi creşte inima în piept.

— Ar fi însă puţin cam târziu, explică el. Este una din zilele acelea... Informaţia vine de peste tot... Ce părere ai avea dacă am merge la taverna domnului Brown în jur de 8:30? Nu ţi-aş cere să vii în oraş din nou la ora aceea, spuse el.

— Cină sau doar ca să bem ceva? întrebă ea pe un ton practic.

— Ambele... replică el.

— Super, ne vedem atunci, îi spuse ea. Presupun că ești încă ocupat și nu ai timp de stat la taclale, concluzionă ea.

— Din nefericire, așa este, o aprobă el. Vom vorbi diseară, atunci? Voi veni să te iau. Este în regulă?

— Da, desigur. Atunci ne vedem la 8:30, Artair. Pe curând, mai spuse ea și încheie convorbirea.

Simțindu-se puțin mai bine, McNamara își băgă telefonul înapoi în buzunarul hainei și alese să își încerce norocul cu prima casă de pe partea dreaptă a străzii.

Abia începuse să urce scările din fața casei că telefonul îi și sună. Verifică identitatea apelantului și observă că era Mike. Detectivul răspunse la telefon, coborând din nou scările, în același timp.

— Da, Mike, ce s-a întâmplat?

— Boss, avem o nouă crimă aici, replică acesta pe un ton sec.

— O nouă crimă? întrebă el ca și cum nu și-ar fi crezut urechilor.

Nu își imaginase că ar fi fost posibil să apară o a doua crimă de acel gen în acea investigație. O astfel de crimă nu era ceva ce avea loc prea des, până la urmă.

— Da, replică Mike. Am mai găsit o femeie. A fost foarte puțin decapitată.

— Cum naiba? răspunse McNamara în grabă. Fie că a fost decapitată, fie că nu.

— Aș spune că e decapitată parțial, îi răspunse Mike pe un ton apologetic.

— Dă-mi adresa, lătră McNamara în telefon, iar, în același timp, își scoase carnetul ca să noteze adresa pe care i-o dicta Mike.

— I-ai chemat pe medicul legist şi pe Steven Gilchrist şi echipa sa? îl întrebă el pe Mike după ce îşi puse carnetul înapoi în buzunar.

— Da, domnule, sunt deja pe drum încoace. De asemenea, l-am chemat şi pe James. Am crezut că aţi dori să fie şi el prezent aici. Să îi chem şi pe Donna şi Mackie? întrebă el, iar imediat după aceea se auzi vocea nerăbdătoare a lui Jo de undeva din spatele lui.

— Mike, vino încoace.

— Da, spune-le şi lor să vină dacă nu au vreo altă linie de investigaţie, iar apoi du-te şi vezi ce vrea Jo de la tine. Sună de parcă ar fi gata să-ţi ia capul, replică McNamara şi deconectă apelul.

Bărbatul îşi aruncă privirea în jur pentru o clipă ca să se orienteze, iar apoi o porni în susul străzii cu paşi mari. Un băiat, care se juca cu câinele său, îi observă încruntătura aprigă dintre sprâncene şi decise că ar fi fost mai înţelept să traverseze pe partea cealaltă a străzii.

TOATĂ LUMEA ERA OCUPATĂ cu treaba sa când McNamara umbri uşa de la intrarea din casa noii victime. Această casă făcea şi ea parte dintr-unul din acele şiruri de case lipite una de cealaltă.

Îi observă pe tehnicienii care plasau probele colectate în pungile speciale pentru aşa ceva. Îşi dădu seama că existau destul de multe probe de colectat.

Aceea nu fusese o crimă curată. Oricine o fi fost persoana care o executase, nu luase nici un fel de precauţii, de parcă nu i-ar fi păsat nici cât negru sub unghie dacă ar fi lăsat vreun fel de indicii în urma ei.

McNamara remarcă imediat că medicul legist de serviciu era David Stewart şi se încruntă. Nu se aşteptase ca omul să se întoarcă la lucru atât de curând.

— Cum merge treaba, David? se interesă el când doctorul se ridică de lângă cadavru.

Medicul legist deja îşi terminase examinarea şi îşi strânsese instrumentele. David se întoarse spre McNamara şi îi surâse.

Urme ale încercării grele prin care trecuse în ultimele câteva săptămâni îi marcau chipul, dar bărbatul arăta mai bine decât arătase ultima oară când îl văzuse detectivul.

— Datoria, ştii şi tu cum e, îi răspunse David.

— Este totul în regulă? îl întrebă McNamara, iar întrebarea sa atrase ochii tuturor celor din jur.

Inspectorul Şef niciodată nu se interesa despre viaţa oamenilor din departament, dar era evident că întrebarea sa nu se referea la victimă.

— Oh, da, flăcău, totul este bine, replică doctorul legist şi se apropie şi mai mult de McNamara pentru a putea discuta cu el în şoaptă, fără să fie auzit de ceilalţi. Martha este bine. I-au scos tumoarea în întregime, iar testele ulterioare au arătat că aceasta era benignă. Ai chef să sărbătorim evenimentul, McNamara? Sâmbăta viitoare? O poţi aduce şi pe tânăra ta doamnă... Zvonurile spun că ai avea una, îi zâmbi el detectivului.

MIROSURI ŞI UMBRE

— Pentru asemenea veşti, David, chiar este cazul să celebrăm, îi replică detectivul pe un ton serios şi îl bătu încet pe medicul legist pe umăr.

Lui McNamara nu-i păsa de oameni prea mult în mod obişnuit. Şi cu toate acestea, îi păsa de familia Stewart, ba chiar mai mult decât i-ar fi păsat vreodată de oricare dintre cei cu care lucra.

— Şi îmi voi invita şi prietena să vină, de asemenea, adăugă bărbatul pe un ton liniştit, gândindu-se că Bryony nu va refuza să-i cunoască pe cei doi Stewart.

Oamenii din jur pretindeau că erau foarte ocupaţi, dar tot le aruncau celor doi priviri aparent neglijente. Nu puteau auzi ce spunea David Stewart, dar comportamentul medicului şi a Inspectorului Şef le dezvăluia foarte multe.

Oamenii observaseră că Inspectorul Şef avea o relaţie mai strânsă cu medicul legist decât avea cu oricare dintre ei, dar nu ştiuseră că acea relaţie a lor era atâ de strânsă.

— Ei bine, David, ce avem aici? se întoarse Inspectorul Şef la problemele profesionale.

— O crimă, McNamara, desigur, replică medicul legist pe un ton sec. Una din genul cel mai comun, aş putea spune, continuă el.

— Înţeleg că victima a fost parţial decapitată, David, îl contrazise McNamara. Nu văd să fie nimic comun în acest tip de crimă. Iar această situaţie loveşte destul de aproape de cazul la care lucrez acum, observă el.

— Nu dacă priveşti cu mai multă atenţie, îl contrazise medicul legist. Aceasta este numai o copie a acelei crime, Detective... Şi încă una foarte proastă, aş spune, adăugă el după câteva secunde. Ucigaşul a lovit victima din cauza furiei cu acel cuţit mare de acolo.

Doctorul arătă cu degetul spre un cuţit mare de măcelărie care deja fusese înregistrat. Un tehnician tocmai îl plasa într-o pungă de hârtie pentru a conserva ADN-ul şi amprentele de pe el.

— Prima lovitură a fost aplicată aici pe laterala gâtului, îi arătă medicul legist locul pe trupul victimei. Aş spune că a fost mai curând o lovitură instinctuală. Aceasta este o crimă comisă din pasiune, spuse el.

După aceea, medicul reflectă la vorbele sale câteva secunde şi continuă:

— Sau din cauza unui anumit gen de pasiune. Iar apoi, după ce femeia a murit, ucigaşul s-a gândit să ne arunce pe o urmă falsă şi a încercat să o decapiteze, ceea ce, bineînţeles, nu este un lucru foarte uşor de făcut... Ceea ce criminalul a aflat destul de curând şi a renunţat după aceea la decapitarea victimei... Intuiţia îmi spune că ucigaşul nostru s-ar putea să fie o femeie şi că aceasta a fost prima ei tentativă de crimă.

— De ce? îi ceru detalii detectivul.

— Băieţii ăştia, indică el în spate cu degetul mare, au găsit la uşa din spate locul unde ucigaşului i s-a făcut rău.

— Ah, înţeleg, spuse McNamara, cu părere de rău pentru tehnicianul care a fost nevoit să colecteze acele urme într-o pungă pentru probe.

— Pot să o ridice acum, mai adăugă medicul legist. Îi voi face autopsia mâine.

— În regulă, David. Voi aloca acest caz spre cercetare lui Jo și Mike atunci. Întotdeauna am avut încredere în instinctele tale, iar dacă tu spui că este un caz diferit, atunci te cred.

Medicul legist dădu din cap și, după o rundă zgomotoasă de *la revedere*, plecă.

McNamara cercetă scena din fața ochilor săi cu grijă, iar apoi o chemă pe Jo la el.

— Jo, tu și Mike vă veți ocupa de acest caz acum. Doctorul legist spune că este foarte clar că această crimă nu are nici o legătură cu cazul pe care deja îl anchetăm, dar cu toate acestea verifică și dacă există vreo conexiune. Știm ceva despre această femeie?

— Da, boss. Trăia aici. Era căsătorită și avea un copil mic. Din ce ni s-a spus, am înțeles că mama ei a venit și a luat copilul cu ea de dimineață. L-am sunat pe soț și i-am cerut să se întoarcă de la serviciu acasă.

— Foarte bine, Jo, replică el. Cere-le polițiștilor în uniformă să pună întrebări în jur ca să vadă dacă cineva a vizitat-o pe femeie astăzi. Ai un nume pentru ea? o întrebă el, sătul să tot spună *femeia aceea* tot timpul.

— Da, numele ei era Dana Luther. Casnică, în vârstă de douăzeci și șapte de ani.

— Bun. Verifică-l și pe soț și pe vecini. Doctorul spune că este o crimă datorată pasiunii sau furiei. Se pare că a supărat pe cineva rău de tot.

Jo aprobă dând din cap și îi semnală lui Mike să vină spre ei. Chiar în acel moment, James intră în casă, ștergându-și fruntea cu degetele.

Era o zi neobișnuit de caldă. Atât James cât și Mike ajunseră lângă Inspectorul Șef și Jo în același timp.

— Altă crimă, boss? întrebă James.

— Da, James, dar nu cred că are legătură cu cazul nostru. Jo și Mike se vor ocupa de acest caz nou, explică el, privind spre Mike care dădu din cap că a înțeles. Tu și eu vom continua să lucrăm la celălalt caz, cu ajutorul Donnei și al lui Mackie. Ai ceva noutăți din partea doamnei Anderson? întrebă el.

Un zâmbet fugar trecu peste chipul lui James, dar acesta îi răspunse inspectorului cu gravitate:

— Încă lucrează la portret, domnule... Nu cred că Josh va mai fi vreodată la fel ca înainte, adăugă el.

— Cine este Josh? îl întrebă McNamara confuz.

— Artistul, domnule, îi răspunse Mike.

— Oh, înțeleg acum, spuse McNamara și surâse ironic. Înțeleg că doamna Anderson se cam distrează pe seama lui, cotinuă el.

— Cam așa ceva, îi aprobă James estimarea.

— Să sperăm că Josh va reuși să deseneze portretul. Ne-ar ajuta enorm. Ai ceva noutăți despre rudele și prietenii Clarissei Ross? Ți-a trezit vreunul curiozitatea?

— Nu, nu încă. Tot mai cercetez. Am decis să șterg de pe listă pe oricine care are un alibi pentru ambele crime, adică pentru cea a fostului logodnic al Clarissei și pentru victima noastră de aici.

— Te-ai gândit bine, James. Ar trebui să continui cu acea listă, iar eu voi continua să verific dacă cineva a văzut ceva pe strada aceea pe care a menționat-o doamna Anderson. Considerând că toată lumea este implicată în câte ceva, pot să-mi petrec vreo două ceasuri făcând vizite, spuse McNamara ironic. Vom avea o întâlnire mâine dimineață la ora nouă și toată lumea trebuie să fie prezentă acolo, mai spuse el, privind în jur. Şi tu, Steven, menţionă el, iar Steven îşi flutură mâna pentru a-i arăta că l-a auzit.

CAPITOLUL 16 –
UN ALT GEN DE
LUPTĂ

MCNAMARA O CONDUSE pe Bryony pe jos de la tavernă spre casă. Îl cuprinsese o stare de bine de la începutul cinei cu ea și încă se simțea la fel de bine. Abia după câteva clipe își dădu seama că de fapt o ținea pe femeie de mână.

Bryony nu insista niciodată cu nimic și nu îi punea întrebări care lui nu-i plăceau. Niciodată nu cerea să știe mai mult decât era el dornic să împărtășească și îi înțelegea reticența de a vorbi despre un caz la care lucra.

Acelea erau calități rare, pe care el nu le găsise în altcineva până atunci. De aceea, îi tot creștea din ce în ce mai mult aprecierea pe care o simțea față de femeia aceea micuță, al cărei cap, acoperit de un păr blond-roșcat de culoarea căpșunelui, îi ajungea numai până la umăr.

Era trecut de ora zece seara deja, iar ei se plimbau în pas ușor de-a lungul Străzii Privighetorii. Timpul zburase pur și simplu în compania ei, iar el și-ar fi dorit să petreacă și mai mult timp cu ea.

Bryony îl făcea să râdă şi nu avea înclinaţia de a vorbi numai despre ea însăşi tot timpul. Când domnul Brown trecuse pe la masa lor pentru a bea un pahar de ale cu ei, ea nu se supărase pentru că altcineva le lua din timpul pe care îl petreceau împreună.

McNamara ştia când avea ceva bun în faţa ochilor, dar totuşi, îi era şi teamă. Era un bărbat de aproape treizeci şi opt de ani şi niciodată nu se simţise atras atât de puternic de vreuna dintre femeile cu care ieşise de vreo câteva ori şi pe care apoi, când noutatea se trecuse, le părăsise cu aceeaşi grijă cu care ar fi aruncat ziarul de ştiri din ziua precedentă.

El unul îşi acceptase soarta deja. Poate că nu înţelesese el prea bine ce însemna când fusese diagnosticat cu Asperger la vârsta de şapte ani, dar înţelesese mai târziu.

Nu era ca alţi bărbaţi şi, evident, nu se gândise niciodată că ar putea avea propria lui poveste de iubire care să se încheie cu fericirea veşnică. Nu era el un bărbat a cărei companie era uşor de suportat şi nu dorea să împovăreze vreo femeie neavizată cu un om atât de ciufut ca el.

Şi cu toate acestea, cu Bryony lucrurile păreau să fie diferite. Chiar şi dorinţele lui erau diferite.

— Am uitat să te întreb, îşi aminti el brusc de invitaţia lui David Stewart, şi se opri pe loc, ochii lui verzi fixându-se asupra ei. Ai vrea să mergi cu mine la un grătar acasă la nişte prieteni de-ai mei sâmbăta viitoare?

— Desigur că mi-ar face plăcere să merg cu tine, replică Bryony şi se aplecă uşor în faţă, ridicându-se pe vârfuri, pentru a-l săruta blând pe obraz.

MIROSURI ȘI UMBRE

Gestul ei îl ului, dar îi și stârni dorința în același timp. Se simțea ca un pește pe uscat și îi strânse mâna tare fără să vrea, iar ea icni.

— Îmi cer scuze, spuse el imediat, dându-i drumul la mână în grabă. Nu am intenționat să te rănesc, îi explică el.

— Nu m-ai rănit, îi replică ea. Am fost doar surprinsă, îi explică ea, iar degetele ei se strânseră în jurul alor lui.

Ochii ei albaștri priviră direct într-ai săi, iar el putu citi în ei că femeia nu-l minţea și se simți ușurat. Poate că nu era el cel mai bun bărbat din lume, dar regula lui era ca niciodată să nu rănească o femeie fizic. Probabil că rănise el câteva altfel atunci când a încetat să se mai vadă cu ele fără a se obosi să le dea prea multe explicaţii, dar cel puţin niciodată nu le făcuse vreun rău fizic.

Bryony se opri în faţa micuţei sale case elegante și se întoarse spre el:

— Ai vrea să intri în casă? îl întrebă ea cu un zâmbet ademenitor pe buze.

McNamara o privi cu intensitate, iar apoi își scutură capul.

— Nu, nu în seara aceasta. Nu cred că ar fi o idee bună.

Nu știa de o refuzase. Acceptase astfel de invitaţii chiar și după o singură întâlnire în trecut. Poate pentru că se simţea prea expus și prea stârnit și dorea să aibă timp să se gândească la toate. Sau poate pentru că nu avea încredere în sine însuși să ia cea mai bună decizie în seara aceea.

Își înclină capul și îi sărută buzele cu tot dorul pe care îl resimţea. Îi înghiţi icnetul femeii, iar ea își petrecu braţele pe după gâtul lui și îl trase mai aproape de ea.

Când el se trase la o parte, amândoi respirau cu greutate. El îi privi buzele înroșite și umbra unui zâmbet îi răsări pe buze.

— Te voi suna mâine, atunci, spuse el. Poate pot trece din nou pe la tine mâine seară, îi propuse el.

— Asta chiar mi-ar place, îi replică ea şi îi mângâie uşor pieptul cu degetele.

El se dădu un pas înapoi, iar ochii îi căzură peste umbra de la fereastra doamnei Stevens.

— Cerber ne priveşte, îi şopti el.

Bryony izbucni în râs şi îi plesni pieptul jucăuş.

— Nu este chiar atât de rea, îi spuse ea.

— Nu, este mai rea decât atât, replică el cu cinism. Probabil că va veni să te bată la cap, continuă el, iar mânia i se simţea în voce.

— Nu te teme, încercă Bryony să-i tempereze furia. Nu îmi poate dicta ce să fac şi ea o ştie, de altfel.

— Eşti sigură? o întrebă el, iar îndoiala îi străluci în ochi câteva secunde.

— Legat de ce? întrebă ea, vocea sunându-i plină de confuzie.

— Că ea nu îţi va schimba părerea şi că vei continua să te întâlneşti cu mine, clarifică el, iar o lumină intensă îi luci în ochi.

— Fii serios, îi replică ea. Ceea ce este între noi doi, ceea ce avem noi doi aici, nu este treaba ei. Şi bineînţeles că nici măcar nu mi-ar trece prin minte să dau cea mai mică atenţie la ce are ea de spus sau la ce ar vrea ea să fac eu în legătură cu acest subiect, continuă ea pe un ton care nu mai lăsa loc la alte argumente.

El se uită fix la ea încă câteva clipe, iar apoi aprobă dând din cap.

MIROSURI ȘI UMBRE

— În regulă atunci, te voi suna mâine și îți voi spune când voi ajunge aici.

McNamara se aplecă deasupra ei și îi mai dădu un sărut scurt. O făcuse nu numai pentru a o enerva pe bătrâna scorpie care tot îi supraveghea de la fereastră. Apoi, se urcă în mașina lui și plecă.

Ochii lui Bryony îl urmăriră până ce acesta o coti la dreapta când ajunsese în capătul străzii. Cu un zâmbet visător, Bryony se întoarse să intre în casă când doamna Stevens își deschise fereastra și o strigă:

— Bryony, doar o clipă, draga mea, aș vrea să vorbesc cu tine.

Bryony se strâmbă în sinea ei, dar se duse la fereastra doamnei Stevens.

— Bună, ce mai faci? De ce ești trează atât de târziu? o întrebă ea, deși avea ea o idee clară de ce femeia mai în vârstă se găsea la fereastră la ora aceea și nu în patul ei.

— Am văzut când bărbatul acela și-a parcat mașina, fată, o mustră doamna Stevens. Ți-am spus că nu este bun pentru tine, continuă ea, fără să-i pese de încruntarea ce apăruse pe chipul lui Bryony.

— Înțeleg acum, îi răspunse tânăra femeie. Iar eu îmi amintesc că ți-am spus că nu voi accepta nici un sfat în legătură cu el, spuse ea pe un ton moale, dar cu toate acestea, se simțea în vocea ei că nu invita o continuare a discuției.

Doamna Stevens își flutură mâna neglijent pentru a-i îndepărta cuvintele.

— Ești prea tânără pentru a știi mai bine, așa că ar trebui să mă asculți pe mine.

— Nu sunt chiar atât de tânără, doamnă Stevens, replică ea.

Bryony ştia că arăta undeva între douăzeci şi douăzeci şi cinci de ani, dar era mai aproape de douăzeci şi nouă. Oamenilor nu le prea venea s-o creadă, iar ea nu putea face nimic pentru a le schimba opinia.

Dar cu toate acestea, nu avea de gând să suporte vreun amestec în viaţa ei personală, chiar dacă doamna Stevens îi era foarte dragă.

— Şi chiar dacă aş fi fost, spuse ea şi îşi ridică mâna pentru a opri cuvintele celeilalte femei, tot nu ar conta. Eu nu am aceeaşi opinie despre McNamara ca tine.

— Este poliţist, se răsti bătrâna femeie la ea.

— Şi ce dacă? Şi poliţiştii sunt oameni. Şi ei trăiesc şi gândesc ca şi noi. Nu este ca şi cum ar fi un extraterestru, pentru numele lui Dumnezeu, Bryony aproape că ţipă.

Mai apoi respiră adânc ca să se calmeze şi îi spuse:

— Doamnă Stevens, suntem prietene, chiar bune prietene, accentuă ea. Hai să cădem de acord că nu vom fi niciodată pe aceeaşi lungime de undă când vine vorba despre acest subiect. Dar, te rog, înţelege, relaţia mea cu Artair nu este treaba ta.

— Artair? întrebă bătrâna cu confuzie în voce.

— Şi el are un prenume ca oricine altcineva, se răsti Bryony la vechea ei prietenă. Oricum, mă duc la culcare acum. Să ai o noapte bună, se întoarse ea să plece.

— Deci te-ai certa cu mine din cauza acelui bărbat, îi reproşă femeia mai în vârstă pe o voce otrăvită.

Bryony îşi întoarse capul înapoi spre ea şi o privi drept în ochi.

— Nu aş face-o dacă ai fi rezonabilă. McNamara nu este un subiect deschis pentru nici un fel de discuţie, declară ea, iar apoi se duse cu paşi hotărâţi spre casă.

MIROSURI ȘI UMBRE

Bătrânei femeie îi trebuiră câteva clipe pentru ca să își dea seama că rămăsese cu gura deschisă. Nu, nu îi plăcea acel bărbat defel. Din cauza lui, Bryony era împotriva ei acum.

Cu toate acestea, dacă bătrâna își dorea să își păstreze prietenia cu tânăra femeie, atunci se părea că trebuia să-l accepte și pe el. Aceasta nu însemna că era necesar să-l și placă pe bărbat sau să aibă încredere în el.

CAPITOLUL 17 –
O ÎNTÂLNIRE CU
SURPRIZE

LA ORA NOUĂ FIX, ÎNTREAGA echipă se reuni în sala de ședințe după cum le ceruse McNamara. La început, el dorise să țină ședința în biroul său, dar nu exista suficient spațiu acolo pentru toată lumea.

Mackie intră în sala de conferințe cu o carafă cu cafea în mână, iar Donna îl urmă cu pahare reciclabile și o pungă plină cu pachețele de zahăr, îndulcitor și cutiuțe de lapte.

Jo deja pusese o cutie cu prăjiturele pentru cafea pe masa de ședință și toată lumea era fericită să ia parte la gustarea neașteptată.

McNamara pătrunse în încăpere și, surprins, se opri în loc pentru o clipă. Oamenii din sală vorbeau tare, trecând paharele cu cafea și prăjiturelele de la unul la celălalt, dar când îl observară pe Inspectorul Șef, se lăsă tăcerea.

El îi privi pe aceștia fără să spună nimic încă câteva clipe, iar apoi li se adresă pe un ton ursuz:

— Pregătiți-vă cafeaua și luați-vă prăjiturile, ca să ne putem începe munca.

— Ați dori o cafea, domnule? îl întrebă James, arătând spre carafa de pe masă.

— De ce nu? îi răspunse Inspectorul Șef, ridicând din umeri. Doar știi că asta este otrava mea, spuse el cu un gest larg, iar câțiva îndrăzniră chiar să și râdă.

Imediat după ce și-a luat în mână paharul de unică folosință, ce i-a fost umplut cu cafea, McNamara își îndreptă atenția spre probleme mai importante.

— Deci, are vrenunul dintre voi vești noi?

— Cred că Jo și Mike ar trebui să înceapă, boss, sugeră James, iar McNamara îl privi interogativ.

— Și-au rezolvat deja cazul, îi explică James.

— Oh, așa este? se întoarse McNamara spre cei doi detectivi, destul de vexat să afle despre rezultatul investigației lor în timpul ședinței când, de fapt, ar fi trebuit să fi fost informat mai dinainte.

Fiind la conducerea Unității de Crime Majore, însemna că el trebuia să știe absolut tot ce se întâmpla cu cazurile în curs de desfășurare.

Jo nu îndrăzni să îl privească pe inspector. Se părea că găsise ceva foarte interesant în prăjitura ei și acum o analiza cu atenția dedicată unui obiect pus sub microscop.

Mike știa și el că făcuseră o greșeală neanunțându-l pe Inspectorul Șef când încheiaseră cazul, dar oricum, nu mai avea ce să facă acum, că timpul tot nu îl mai putea da înapoi.

— Tocmai ce am terminat cu toate, domnule, îi explică el șefului său apologetic.

— Spune-mi, îi ordonă McNamara pe un ton aspru.

MIROSURI ŞI UMBRE

— Păi, am început pe la şapte azi dimineaţă, îi explică Mike. Voiam să avem şi noi ceva cu care să contribuim la această întâlnire, punctându-şi el relatarea cu gesturi largi. Ne-am dus înapoi la casa victimei, gândindu-ne că îi vom prinde pe vecini înainte ca ei să plece la muncă.

— Asta-i bine şi frumos, spuse McNamara, dar ce aţi aflat? Acum că totul s-a încheiat nu am nevoie de o dare de seamă extinsă a fiecărei mişcări pe care aţi făcut-o, sublinie el.

Mike se mustră pe sine însuşi pentru că dădea din gură fără să se gândească mai înainte, iar apoi îi prezentă totul cât mai succint şi rapid cu putinţă.

— Victima nu a fost deloc agreeată în zonă. Nu numai că era cel mai rău tip de bârfitoare, dar era şi plină de răutate. Am vorbit doar cu patru vecini, dar absolut toţi au spus că îi plăcea să agreseze verbal oamenii, în special femeile. Ceea ce pare interesant, totuşi, este că şi soţul ei o susţinea în aceste îndeletniciri. Oamenii învăţaseră să o ocolească. Dacă nu ar fi fost destul de iuţi de picior, ar fi fost agresaţi verbal sau ea ar fi împrăştiat zvonuri oribile despre ei. Oricum, pe la opt şi un sfert, ne-a chemat dispecerul înapoi la sediu pentru că se prezentase o femeie care dorea să mărturisească crima. Numele ei este Aileen Dunbar. Are numai douăzeci şi doi de ani. Se pare că victima i-a spus soţului ei că s-a însurat cu o târfă şi că el constituia obiectul de batjocură al străzii, pentru că toată lumea din jur râdea de el în hohote. Ea îi spusese bărbatului că a văzut cu ochii ei mai mulţi bărbaţi venind în vizită la micuţa lui nevastă în absenţa lui, imediat după ce el pleca la serviciu. Cuplul abia se mutase în zonă, iar bărbatul nu ştia cu adevărat ce îi putea pielea doamnei Luther. De fapt, se pare că nici acum nu ştie. Aileen şi soţul ei s-au certat de mai multe ori, iar până la urmă bărbatul a părăsit-o. Aileen nu numai că a rămas cu inima frântă, dar, pe deasupra, și fără un ban. Femeia nu are o slujbă, iar el a lăsat-o să se descurce și cu chiria la casă și cu toate celelalte cheltuieli.

Mike se opri pentru o clipă și sorbi din cafeaua lui pentru a-și umezi gura, iar apoi continuă:

— Doamna Dunbar a fost furioasă. Încă este, aș putea spune, sublinie Mike. În fine, se pare că a auzit zvonurile despre cum a fost ucisă domnișoara Livingstone și s-a decis să o ucidă și ea pe această Nemesis a ei în același fel. Se gândise că vina va cădea astfel pe altcineva. Dar nu știa ce înseamnă a ucide și, mai mult decât atât, ce implica decapitarea cuiva. Prima ei lovitură cu cuțitul a fost noroc chior, dacă ar fi să ne uităm la fapta ei din acest unghi de vedere, pentru că a lovit artera. Doamna Luther a căzut la podea și a murit în câteva secunde. Acum doamna Dunbar a încercat și să o decapiteze, dar i s-a făcut rău și a trebuit să o ia la goană afară din casă. Când a terminat de vomitat, enormitatea faptei ei a lovit-o din plin. A ținut-o tot într-o fugă până acasă și s-a pus pe plâns ore în șir... Mă rog, asta spune ea, ridică Mike din umeri, nedorind să le împărtășească propria lui părere. Dar oricum, cândva în timpul nopții, femeia s-a decis să vină și să își mărturisească crima.

— I-ai verificat povestirea cu ajutorul probelor culese? îl întrebă McNamara.

Știa el că de multe ori tot felul de nebuni se iveau și mărturiseau o crimă sau alta.

— Da, am verificat-o. Amprentele de pe cuțit corespund cu ale ei, iar tehnicienii au utilizat voma pentru a determina ADN-ul... Au spus ei ceva despre epitelia din gât, dacă îmi aduc bine aminte. Oricum, ADN-ul este al ei într-adevăr.

— Bun, atunci, ai vinovatul în acest caz, îi aprobă McNamara rezultatele. Nu uita să te ocupi și de documentare, îl avertiză el pe Mike, pentru că știa foarte bine că acesta era un detectiv foarte bun, dar nu suporta partea birocratică a muncii sale.

Mike îi aprobă cuvintele cu o înclinare a capului:

— Da, boss. Nici o grijă. Mă ocup și de aceasta.

— Acum să trecem la celălalt caz, se întoarse Inspectorul Șef către ceilalți. Ce am mai descoperit în legătură cu el? se interesă el.

— I-am eliminat pe aproape toți prietenii și membrii de familie ai Clarissei, spuse James. Mai am de verificat un bunic înstrăinat și un fost iubit, care se pare că mai are încă sentimente puternice pentru ea.

— Bunic înstrăinat? se minună Donna.

— Da, spuse James. Înțeleg că bunica ei ar fi trebuit să se căsătorească cu un fecior care s-a înrolat în armată fără să-i spună un cuvânt. Femeia era însărcinată la vremea respectivă. Omul s-a întors la ea după vreo cinci ani, dar femeia a refuzat net să aibă de a face cu el. Cu toate acestea, mai târziu, nepoata l-a acceptat pe bătrân.

— Cât de bătrân este acum? se interesă McNamara.

— Destul de bătrân. În jur de șaizeci și cinci de ani, cred, preciză James.

— Probabil prea bătrân ca să o fi omorât pe femeie, dar hai să îl verificăm totuși, decise McNamara.

Inspectorul Șef avusese parte de destule surprize în trecut așa că acum nu mai era deloc dornic să treacă peste nici un fel de informație plauzibilă.

— Avem vești privind portretul? o întrebă el pe Donna.

— Oh, da, Josh a reuşit să termine portretul după câteva ore în compania celei mai zurlii femei din Scoţia, trebuie să vă spun, răspunse ea, iar exasperarea era evidentă în vocea ei. Josh m-a implorat să nu îi mai aduc pe cap asemenea oameni prea curând.

— Sunt sigur că va supravieţui, observă Inspectorul Şef pe un ton sec. Deci, unde este portretul?

Donna deschise un dosar şi îi înmână desenul lui McNamara. Detectivul luă hârtia cu interes moderat, dar, când ochii îi căzură pe schiţă, sprâncenele îi săriră brusc sus pe frunte.

— James, tu ai văzut portretul acesta? întrebă el pe un ton ciudat de liniştit.

Cu toate acestea, tensiunea lui se transmise şi celorlalţi, aşa că toţi schimbară priviri uimite între ei. James, care era aşezat chiar lângă McNamara, se întoarse într-o parte pentru a avea o vedere clară asupra hârtiei.

— Îţi aminteşti de el? întrebă McNamara.

James doar dădu din cap pentru că nu-şi găsea cuvintele să exprime ceea ce gândea. Nici unuia dintre ei doi nu le venea să creadă ce vedeau.

— Verifică-l pe bunic, James, îl îndemnă McNamara. Ai zece minute, îl avertiză el pe DS. În cincisprezece minute plecăm. Şi voi veniţi cu noi, se întoarse el spre ceilalţi detectivi din încăpere.

CAPITOLUL 18 –
APARENȚELE
ÎNȘALĂ

PATRU MAȘINI SE OPRIRĂ în fața clădirii, ceea ce o făcu pe doamna MacDonald, cea mai mare bârfitoare de pe strada aceea, să apară la fereastră. Ochii i se lărgiră precum două farfurioare. Probabil, acela era efectul celor două mașini care erau marcate cu cuvântul *Poliția* pe laterale.

Aceea era o priveliște pe care nu o mai văzuse nicicând pe străduța lor. Ochii femeii căzură pe McNamara și James care ieșiră dintr-una din mașinile nemarcate, iar aceasta se întrebă ce căutau aceștia din nou acolo și mai ales însoțiți de atâția detectivi ca întăriri.

Inspectorul Șef și Detectivul Sergent intrară în clădire urmați de alți patru oameni îmbrăcați în haine civile și doi ofițeri în uniformă.

Doamna MacDonald imediat fugi spre ușa ei de la intrare. O deschise fără prea mare finețe — ușa efectiv se izbi de perete. Ei însă nu-i păsă și zgomotul nu o determină să se oprească din a asculta la ce se întâmpla pe scară.

Le ascultă pașii polițiștilor până ce aceștia se opriră pe palierul din fața unui alt apartament. Sunetul ciocănitului tare pe panoul de lemn al unei uși îi ajunse la urechi. Își ciuli urechile până ce auzi vocea unui bărbat salutându-i pe detectivi, iar sprâncenele ei se ridicară de uluire. *De ce îl vizitează detectivii pe bărbatul acela insipid?*

— Bună dimineața, domnilor detectivi, spuse bărbatul. Am crezut că v-am spus tot ce știam, remarcă el alene.

Omul părea doar ușor uluit să îi vadă pe detectivi umbrindu-i ușa din nou.

— Ei, nu chiar totul, auzi doamna MacDonald vocea lui McNamara, care suna destul de aspru. De ce nu am intra noi înăuntru ca să putem discuta fără alte urechi suplimentare în jur? propuse McNamara, indicând cu degetul spre palierul de deasupra unde auzise ușa doamnei MacDonald lovindu-se de perete.

O roșeață ușoară se răspândi pe obrajii femeii și aceasta se întoarse pe vârfuri înapoi în apartamentul ei, iar, de data aceasta, închise ușa cu grijă în urma ei.

Știa că oricum nu va mai reuși să surprindă nici măcar un sunet dacă intrau în apartament, iar detectivul părea hotărât să nu discute pe palier.

Pe palierul de mai jos, bărbatul îi invită pe detectivi în casă cu un gest larg și oarecum batjocoritor.

— Dacă e musai, desigur, sunteți invitații mei, domnilor detectivi.

Polițiștii îl urmară pe bărbat în camera de zi, dar în ciuda invitației lui de a lua loc, ei au ales să rămână în picioare, fixându-l cu privirea pe omul din fața lor.

MIROSURI ŞI UMBRE

Ofiţerii ştiau că acesta era periculos, iar aceasta numai dacă ar fi fost să se ia după urmele crimei pe care omul o comisese şi pe care ei le văzuseră. Dar mai mult decât atât, ei aflaseră deja despre antrenamentul său cu SAS şi, în ciuda vârstei lui, ultimele sale fapte demonstrau că încă mai era în stare să facă faţă la un eventural atac. Nici unul dintre poliţişti nu voia să îşi asume riscuri inutile.

— Deci, domnilor detectivi, începu omul să vorbească pe un ton moale, gesticulând exagerat cu mâinile care îi tremurau, cărui fapt îi datorez plăcerea vizitei voastre? Văd că aţi adus mai mulţi oameni cu voi de data aceasta, menţionă el în treacăt, dar McNamara zări scânteia sarcastică din ochii lui.

— Nu mai este cazul să te oboseşti să joci rolul unui bătrân fragil, domnule. Ştii tu, tremuratul mâinilor... şi restul. Ştim deja adevărul, îi spuse McNamara cu ironie.

Mai apoi, Inspectorul Şef adăugă pe un ton care ar fi fost mult mai potrivit pentru discutarea vremii:

— Apropo, ai uitat să ne povesteşti despre cum a fost ucisă nepoata ta şi, în special, despre cum ai ucis-o tu pe domnişoara Livingstone.

— Domnişoara Livingstone? replică bărbatul mai în vârstă, pretinzând surpriza.

— Domnule Wilson, îi zise McNamara, nu te mai ajută acum să joci teatru cu noi. Avem toate probele de care avem nevoie.

— Nu am ştiut numele victimei, ridică domnul Wilson din umeri. Nu mi-aţi spus numele ei niciodată.

— Cât de lipsit de consideraţie din partea noastră, se răsti McNamara la el. Ascultă aici, ştim cine eşti şi avem probele şi martorii cu ajutorul cărora să te conectăm la crimă. Fie că te hotărăşti să ne spui ceva sau nu, tu tot terminat eşti.

Domnul Wilson îl evaluă pe detectiv în mod deschis, iar apoi le aruncă o privire în treacăt şi celorlalţi.

— Nu mi-am imaginat niciodată că îmi voi continua viaţa aşa cum este acum, ridică el din umeri filozofic. Am făcut ceea ce trebuia să fac. Paraziţii trebuie exterminaţi. Sunt mai mult decât sigur că se găsesc destui oameni pe lumea aceasta care şi-ar arăta recunoştinţa pentru ceea ce am făcut, observă el pe un ton categoric.

— S-ar putea să fie ceva adevăr în ceea ce spui, îi răspunse McNamara, mai apoi observând că şi oamenii lui dădeau din cap, aprobând spusele bătrânului.

Poliţistul le aruncă acestora o privire întunecată, iar apoi se întoarse din nou spre ucigaş.

— Dar cu toate acestea, nu tu erai cel care trebuia să judece şi să condamne. Ar fi trebuit să te adresezi poliţiei, continuă el cu asprime.

— Ha, exclamă domnul Wilson şi apoi izbucni într-un râs amar. Le-am spus acelor găgăuţă că dulcea mea Clarissa nu s-ar fi sinucis. Nu am ajuns prea departe pentru că m-au invitat diplomatic să mai las deoparte băutura şi romanele cu mistere, continuă el cu amărăciune.

— Înţeleg că probabil ai fost mâniat... începu McNamara să spună, dar imediat a fost întrerupt de răcnetul domnului Wilson pe care chiar şi doamna MacDonald îl auzi din apartamentul ei.

— Mânios? Mânios, spui tu?

MIROSURI ȘI UMBRE

Vocea bărbatului devenea din ce în ce mai puternică.

— Am fost al naibii de turbat, Detective, îi bubui glasul. Tu cum te-ai fi simțit? Pe mine m-au concediat de parcă aș fi fost un nimenea și au lăsat gunoiul acela de ființă umană să își vadă de treaba lui, își termină el tirada, izbind cu pumnul în zidul de lângă el.

— Ați fi putut insista, domnule, remarcă James liniștit.

Polițiștii se mutaseră mai aproape de McNamara când domnul Wilson explodase și acum păreau gata să sară pe el și să-l rețină.

Mișcarea lor îl amuză pe bătrân pentru o clipă, dar apoi redeveni serios și îi răspunse lui James:

— La cine să fi insistat, flăcău?

Tăcerea domni câteva clipe, iar McNamara reflectă asupra cuvintelor bărbatului. Într-un final dori să spună ceva, dar bărbatul își flutură mâna disprețuitor:

— Acum m-ai prins așa că nu mai contează. Oricum mica mea Clarissa a fost răzbunată, iar acei doi indivizi nu vor mai face umbră degeaba pământului din nou.

— Va trebui să vă punem cătușele la mâini, domnule, observă McNamara. Aceasta este procedura.

Bărbatul mai în vârstă ridică din umeri și își întinse mâinile spre ei. James îi prinse cătușele și îi ceru să-l urmeze în stradă.

— O întrebare, Inspectore Șef, se opri domnul Wilson în fața lui McNamara. Mi se va permite să îmi iau albumul cu Liz Taylor cu mine?

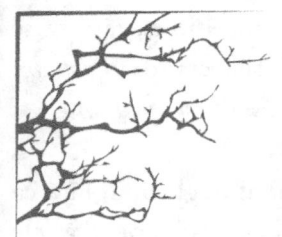

EPILOG

MCNAMARA O SUNASE PE Bryony de două ori în ziua aceea. O dată îi telefonase ca să-i spună că era pe cale să termine cu toate mărunțișurile legate de cazul lui de crimă. El știuse că ea îi va aștepta apelul telefonic și nu era sigur dacă va fi capabil să ajungă acasă la ea prea curând. Avusese dreptate. Femeia chiar îi așteptase telefonul.

A doua oară o sunase numai cu jumătate de oră în urmă să-i spună că părăsea secția de poliție și că era deja pe drum spre casa ei.

Își parcă mașina pe aleea din fața casei lui Bryony și luă de pe scaunul de lângă el cutia cu ciocolate pe care o cumpărase pentru ea. I se păruse o idee bună atunci când le cumpărase, dar acum nu mai era chiar atât de sigur.

Cu o grimasă, bărbatul se oțeli împotriva ridicolului și ieși din mașină cu sfidare, în același timp strivind cutia de bomboane între degete, fără să își dea seama că și ciocolatele vor fi strivite.

Fereastra doamnei Stevens se deschise, iar ea strigă la el pe un ton aspru:

— Vreau să am un cuvânt cu tine, tinere.

— Nu acum, poate mai încolo, o concedie el, fără să se oprească din mers, în același timp, reflectând: *Probabil niciodată, dacă voi avea și eu ceva de spus în această privință.*

— Acum, lătră ea.

— Nu am timp, își flutură el mâna cu neglijență, fără ca măcar să mai bage de seamă cutia de ciocolate, iar apoi urcă cele câteva trepte din fața casei lui Bryony.

— Trebuie să vorbim despre Bryony, strigă ea după el. Nu ai voie să profiți de ea.

O încruntătură adâncă îi apăru detectivului între sprâncene și acesta ciocăni la ușa lui Bryony mai tare decât intenționase. Detectivul nu se obosi să-i mai răspundă bătrânei scorpii, dar mormăi câteva cuvinte bine alese pe sub barbă la adresa ei.

Bryony deschise ușa și se dădu brusc înapoi surprinsă. Încruntarea lui nu promitea o seară prea plăcută.

— Care este problema? întrebă ea, ochii ei albaștri cercetându-i pe ai lui.

— Oh, numai scorpia aia bătrână, mormăi el.

Abia apoi își dădu seama McNamara că o văzuse pe Bryony făcând un pas înapoi în momentul când i-a deschis ușa.

— Ți-e teamă de mine? o întrebă el cu neplăcere.

— Nu fi bleg, replică ea. M-a surprins încruntarea ta, atâta tot. Și nu ar trebui să-ți pese de doamna Stevens, adăugă ea. Nu are nici un cuvânt de spus în ceea ce privește relația dintre noi, Artair. Haide, intră înăuntru, îl luă ea de braț gata să îl tragă în casă.

Ochii femeii căzură pe cutia de ciocolate care părea să fi suferit un accident fatal, iar un zâmbet îi apăru fugar pe buze.

— Bryony, trebuie să îți vorbesc, răsună vocea doamnei Stevens din spatele lor.

Bryony se uită pe după McNamara și o zări pe vecina ei care aproape că atârna afară pe fereastră.

— Ah, bună ziua, doamnă Stevens. Nu te-am văzut acolo, spuse ea pe un ton dulce. Trebuie să îmi cer scuze, dar am musafiri în seara aceasta. Vorbim mâine, da? adăugă ea, iar mai apoi îl trase pe McNamara în casa ei cu mai multă forță decât înainte, fără să mai bage în seamă icnetul ultragiat al doamnei Stevens.

După aceea, Bryony închise ușa în spatele lor și oftă.

— Nu-i da nici o atenție, Artair. Acum, ai vrea o cafea, cina sau...

El împinse cutia de ciocolate strivită spre ea și spuse:

— Ți-am adus asta.

Ea îi zâmbi și luă cutia.

— Sunt ciocolatele mele favorite, știai? își ridică ea privirea spre ochii lui.

— Voi ține minte, replică el pe un ton uscat.

— Dă-mi haina și vino în bucătărie. Cât ai de gând să stai?

McNamara își scoase haina și i-o înmână. Când ea se întoarse spre el, el o prinse de umeri și o sărută, gura lui aspră furându-i oftatul de pe buze.

— Până dimineață? spuse el, tonul lui cerându-i permisiunea.

— Mi-ar plăcea să rămâi, îi răspunse ea cu blândețe, iar, mai apoi, îi mângâie chipul.

ROXANA NASTASE

EXTRAS DIN ROMANUL UN IMIGRANT

BRUSC, ÎI AJUNSE LA urechi ecoul unor paşi iuţi venind din direcţia grădinii Gigue. Trepidând, Victor îşi ridică capul şi se uită fix, fără să clipească, în noapte.

Anxietatea şi teama îl încolţiră, iar el împinse cu putere în palmele proptite pe pământ pentru ca să se poată mişca. Instantaneu, durerea îi radie peste tot spatele, dar, cu determinare, scrâşnind din dinţi, bărbatul continuă să se târască sub un copac. Se simţea de parcă s-ar fi mişcat prin molasă. Fiecare centimetru cucerit îi aducea din ce în ce mai multă sudoare şi durere.

Cel puţin sunt încă în viaţă, reflectă Victor. *Dar nu pentru multă vreme dacă nu mă mişc de pe nenorocita asta de cărare,* mormăi el şi împinse mai tare în braţe, strângând din dinţi pentru a-şi amuţi gemetele.

— A căzut undeva pe aici, o voce puternică de bărbat străpunse liniştea.

— Eşti sigur? Nu văd pe nimeni, îi replică o voce joasă, dar care, clar, aparţinea unei femei.

Îndoiala era evidentă în vocea ei.

Victor se opri şi încercă să se facă una cu pământul. Ştia că acum se găsea în umbră şi ei nu-l puteau vedea.

— Îl aud, spuse femeia cu entuziasm, iar Victor se strâmbă.

Cum naiba mă poţi auzi? se întrebă el, iar ochii i se măriră de uluire. Degetele-i săpară în solul dumbravei, ca şi cum ar fi vrut să se ancoreze acolo.

Nu spun nici o iotă, gândi el cu febrilitate. *Doar nu mi-am pierdut minţile într-atât încât să vorbesc fără să îmi dau seama, nu-i aşa?*

— Da, îl aud şi eu, se făcu auzită şi vocea bărbatului. Şi-a păstrat umorul aşa că probabil starea lui nu e foarte proastă, remarcă el ironic.

Sprâncenele lui Victor i se ridicară pe frunte. *Cine naiba sunt oamenii aştia? Mai mult decât atât, ce naiba vor de la mine?*

— Nu aud pe nimeni altcineva în jur, observă femeia. Scoate-ţi lanterna, spuse ea poruncitor.

Parcă ar fi un sergent major, mustăci Victor, ascultând cu mare atenţie la fiecare sunet pe care cei doi îl făceau.

VICTOR RENUNŢĂ SĂ MAI facă pe mortul în păpuşoi când lumina lanternei mătură peste el. Nu-i cunoştea pe cei doi oameni, dar oricum nu existau decât două opţiuni viabile — aceştia fie veniseră să-l salveze, fie să-l termine. Nu mai exista o a treia posibilitate.

MIROSURI ŞI UMBRE

Bărbatul îşi ridică capul şi, scrâşnind din dinţi, se întoarse spre lumină. Lanterna îl orbi si de data aceasta nu-şi mai putu opri un geamăt.

— E acolo, spuse bărbatul, care se grăbi spre Victor pentru a îngenunchea lângă el. Hei, amice, mai eşti cu noi? întrebă el, iar Victor îi simţi zâmbetul din voce.

Victor mârâi şi dădu din cap scurt. Nu ştia dacă mai avea voce sau nu. Ochii lui cercetară chipul bărbatului şi, satisfăcut că nu l-a mai văzut niciodată înainte, îşi lăsă fruntea să-i cadă din nou pe braţele îndoite şi închise ochii.

— Este încă în viaţă? se auzi vocea femeii.

— Da, este. Ce ar trebui să facem acum? o întrebă bărbatul, iscând astfel curiozitatea lui Victor.

De ce oare îi cere ei părerea? se miră el, iar câteva clipe după aceea, râsul celuilalt bărbat umplu aerul.

— Pentru că ea este şefa acum, îi răspunse acesta cu umor.

Cuvintele lui îl şocară pe Victor şi acesta pur şi simplu îngheţă, ochii lui fixându-se pe Axel. Nici măcar nu mai reuşea să clipească.

— Uite ce-ai făcut acum, Axel, îşi admonestă femeia însoţitorul. L-ai înspăimântat.

— Va supravieţui, răspunse Axel pe o voce pragmatică, iar Victor avu impresia distinctă că bărbatul a ridicat din umeri cu nonşalanţă.

— Cine sunteţi voi, oameni buni? mormăi Victor, incapabil să-şi mai ţină gura închisă nici măcar pentru un moment.

Avea senzaţia că a aterizat într-o dimensiune bizară. De data aceasta, era sigur că nu a spus nimic cu voce tare.

Mâna rece a femeii îi îndepărtă părul de pe frunte, alinându-i febra care îi creştea.

— Eu sunt Leah MacKay. Sunt detectiv, iar acesta este prietenul meu, Axel Arnett, replică ea pe o voce blândă. Voi chema o ambulanţă pentru tine, continuă ea.

Femeia încercă să se ridice, dar degetele lui Victor i se încleştară pe încheietura mâinii cu o putere surprinzătoare.

— Nu chema poliţia, mormăi Victor, iar mai apoi îşi muşcă buzele.

Mişcarea bruscă îi eliberase mii de săgeţi dureroase de-a lungul şirei spinării şi bazinului.

Arnett izbucni într-un râs viguros, al cărui sunet îl zgârie pe Victor pe nervi. Dacă acesta ar fi avut suficientă putere, l-ar fi pus pe bărbat la pământ cu un pumn bine plasat.

— Îmi pare rău, amice, dar poliţia e deja aici, îi explică Axel vesel, ceea ce îl făcu pe Victor să strângă din dinţi din nou.

Cu blândeţe, Leah îi desprinse degetele de pe încheietura mâinii ei şi îşi scoase telefonul celular din buzunar. Formă 911 şi îi explică operatorului cine era şi că avea nevoie de o ambulanţă şi de echipa sa specială la grădina Sarabanda.

Învins, Victor oftă şi-şi puse capul pe braţe din nou. O dată, vazuse la televizor o reclamă cu un mic hârciog care tot încerca să iasă dintr-o gaură din pământ numai pentru ca să fie lovit cu un ciocan în cap de fiecare dată. Acum, el era acel hârciog. Pierduse complet controlul asupra vieţii lui.

Eh, nu e ca şi cum ar fi pentru prima dată, mustăci el.

Axel Arnett se aplecă de-asupra lui şi îi şopti:

— Totul va fi bine, nu-ţi fă griji. Ea e cea mai bună.

— De-asta mi-era şi teamă, mormăi Victor, făcându-l pe Axel să râdă pe înfundate.

MIROSURI ȘI UMBRE

Lui Axel îi plăcea bărbatul și era satisfăcut că ajunseseră la el în timp util. Spera că acesta va supraviețui.

BIOGRAFIA
AUTOAREI

ROXANEI NĂSTASE ÎI place să scrie și să facă prăjituri – aceste două pasiuni se potrivesc foarte bine. De asemenea, îi place să petreacă timp cu câinele ei – sau cel puțin marea parte a timpului, pentru că, de fapt, acesta este un drăcușor.

O călătorie în Scoția a făcut-o să-și dăruiască inima unei țări minunate și unor oameni extraordinari. De aceea a ales un detectiv scoțian pentru marea parte a romanelor sale polițiste.

CĂRȚI SCRISE DE ROXANA NĂSTASE

NEBUNIE PE STRADA PRIVIGHETORII – *Seria McNamara – Cartea Întâi*

Mirosuri și Umbre – Seria McNamara – Cartea A Doua

Legături Relative – Seria McNamara – Cartea A Treia

Seria McNamara – Box set (Carteal I și II)

Un Epitaf Potrivit – Seria MacKay – Detectiv Canadian (Cartea Întâi)

O Femeie Bisericoasă

Un Imigrant – Seria MacKay – Detectiv Canadian (Cartea A Doua)

Bărbatul din lift

Team-building cu ponoase

Răzbunarea nu e întotdeauna dulce – Seria Josh Aldridge detectiv particular – Cartea 0

În curând va apărea:

O Schimbare de Inimă – Seria MacKay – Detectiv Canadian - Cartea A Treia

ROXANA NASTASE

Pentru a afla despre lansări noi de carte, vă rog să subscrieți la buletinul meu informativ de pe:
www.roxananastase.weebly.com.

Did you love *Mirosuri Şi Umbre*? Then you should read *Legături Relative*[1] by Roxana Nastase!

[2]

McNamara a pornit din nou la vânătoare. O sinucidere aparentă îl conduce pe detectiv la un complot terorist. Oare ce va face el când viaţa femeii pe care o iubeşte este ameninţată?

McNamara, un inspector detectiv şef scoţian, se luptă cu crimele de pe străzile din Edinburgh şi din suburbiile oraşului.

Diagnosticat cu o formă relativ uşoară a sindromului Asperger în copilărie, detectivul este meticulos, rece şi dedicat slujbei sale.

---

1. https://books2read.com/u/4NGBpJ

2. https://books2read.com/u/4NGBpJ

Nu îl interesează decât profesia sa şi este un adevărat maestru în a evita orice fel de implicare sentimentală.

Şi cu toate acestea, Bryony se strecoară pe sub scutul său şi îi cucereşte inima.

Read more at roxananastase.weebly.com.

About the Publisher

It is based in Toronto and brings to public various books: poems, novels, short-stories, children's books, language study books and non-fiction. It publishes the literary review: Scarlet Leaf Review: www.scarletleafreview.com

Our mission is to help emerging authors and poets to make their works known to the public.

Contact email address: scarletleafpublishinghouse@gmail.com